사랑한다고
했다가

죽이겠다고
했다가

사랑한다고 했다가

악셀 린덴 지음 | 김정아 옮김

죽이겠다고 했다가

심플라이프

___ 이 책에 쏟아진 찬사

일상의 고통, 현대의 고통에서 벗어나고 싶다면 이 책에서 그 힌트를 발견할 수 있다. 양이 주인공인 이 책에서 결국 악셀 린덴은 한 마리 양이 되고 싶어 하는 듯하다.

_베스테르보텐-쿠리렌Västerbotten-Kuriren

목축업에서 시를 창조하는 보석 같은 책. _UNT

이 책은 얇지만 두꺼운 책보다 많은 것을 담고 있다. 심장이 담겨 있고, 생각할 거리가 담겨 있다. 싸구려 감상 따윈 없다. 악셀 린덴이 인간과 짐승의 관계를 묘사하는 대목을 읽으면 우리가 이 세상에 존재하는 것이 의미 있게 느껴진다.

_모탈라앤드바스테나Motala & Vadstena

압도적인 책, 맞다. 감동적이기도 하고, 시대에 딱 맞는다! 악셀 린덴과 함께 우리는 평화와 고요가 머무는 사색의 공간으로 입장한다. 이 책의 장르는 『로빈슨 크루소』와 헨리 데이비드 소로의 『월든』 사이 어딘가에서 시작한다. _달라-데모크라텐Dala-Demokraten

작은 책, 심플한 레이아웃에, 놀라울 정도로 풍부한 내용, 차분한 유머감각. 양에 별로 관심 없더라도 읽어 볼 만하다.

_오풀렌스Opulens

나는 이 책의 심플함이 좋다. 행복한 농장 생활을 자랑하지 않는다. 독자는 어느새 계절의 리듬, 양의 리듬에 몸을 싣게 된다. 양치기로서의 새로운 삶, 그곳으로 향하는 한 남자의 사유와 여정이 펼쳐진다.

_블로그보헤멘Bloggbohemen

완전히 빠져들어서 읽었다. 책을 손에서 놓을 수 없다. 일기 형식에, 금방 읽힌다. 하지만 책에는 현명한 지혜와 아름다운 문장이 가득하다. 이런 멋진 책을 쓴 것을 축하한다. 그리고 이런 멋진 책을 써 줘서 고맙다. 할 말은 이것밖에 없다.

_시시스카드샌드북스Cissiscardsandbooks

● 일러두기

본문에 들어간 주는 모두 옮긴이 주이다.

옮긴이 글

낙관, 비관, 달관이 함께하는 목장으로

글쓴이 악셀 린덴은 2010년부터 지금까지 스웨덴의 외스테르예틀란드에서 목장을 운영하고 있다. 이 일기는 글쓴이가 목장 생활을 시작한 첫 3년 동안의 기록이다. 스톡홀름에서 문학 강사로 살아가던 그가 연구자 생활을 접고 양과 함께 새로운 인생을 시작한 계기는 중층적이었다. 도시를 떠나고 싶은 소망도 있었고, 목장을 물려받는 행운도 있었다. 변호사 아내도 유치원에 다니던 세 아이와 함께 따라와 주었다.○

'사랑한다고 했다가 죽이겠다고 했다가'는 첫 여름 마지막 일기에 나오는 말이다. 원제 'Fårdagboken'과 가까운

○ 「양에게 속삭이는 사람: "양과 관계하는 일은 프루스트를 읽는 일만큼 복잡할 수 있습니다"」(영국 신문 『가디언』에 실린 기사) 참조.

제목은 '양 일기'였고, 좀 더 친절한 제목으로 '스웨덴 양치기 아저씨의 좌충우돌 목장 일기' 같은 것을 생각해 보기도 했다. '스웨덴의 중년 남자가 양을 키우는 고된 일상을 유머러스하게 들려주면서 간간이 삶과 죽음에 대한 묵직한 성찰을 펼치는 일기 형식의 에세이'라는 이 책의 성격을 한눈에 보여 주어야 하지 않을까 하는 생각에서였다. 하지만 그런 제목으로는 이 책의 개성을 오히려 가릴 위험이 있었다. 그런 제목은 주로 대도시 생활에서 느끼는 염증, 자연과 슬로라이프에 대한 자랑, 유기농 축산을 위해 분투하는 자영 목축민의 애로와 보람, 귀농 가족의 소소한 행복 같은 것을 기대하게 만들지만, 이 책은 오히려 그런 클리셰들에 대한 아이러니한 풍자로 가득하다. 글쓴이가 양을 돌보면서 삶의 충만함을 경험하는 것은 사실이지만, 그렇게 애지중지 기른 양을 결국 도축하는 것도 사실이다.

도발적이면서 염세적인 '사랑한다고 했다가 죽이겠다고 했다가'가 오히려 정확한 제목일 듯하다.

하지만 그것이 이 책의 전부는 아니다. 사실 이 책에는 많은 이야기가 중첩돼 있달까, 양과 함께 살아가는 더없이 단순한 이야기 속에 수많은 색조와 억양과 주제가 어우러져 있다. "단순한 세계가 오히려 다채롭고 다사다난하다." 그러니 독자가 굳이 하나의 관점에 매달릴 필요는 없다. 끔찍하고 비극적인 대목도 있지만, 평화로운 목가로 읽어도 괜찮고 신랄한 체제 비판으로 읽어도 괜찮다. 세상을 관찰하고 성찰하고 반추하는 대목도 있지만, 농담으로 넘겨도 괜찮고 진지하게 받아들여도 괜찮다. 양치기는 그저 오늘 하루를 열심히 살아가지만, 암울하다고 느껴도 괜찮고 희망을 찾아도 괜찮다. 낙관, 비관, 달관 중 하나를 정하지 않아도 괜찮다. 더구나 일기 아닌가. 3년이라는 시간을 한 줄로 꿰는 일관된 색조와 억양과 주제가 있다고 믿지 않아도 괜찮다.

모든 디테일에서 숨은 알레고리를 발견해야 직성이 풀리는 독자가 가끔 있다. 서양 목축 문명의 계보학이라는 이 책의 숨은 주제를 간파해 주는 건 바로 그런 독자들이다. 쐐기풀을 뜯어 먹는 양들을 보면서 미케네 문명을 멸망시킨 가뭄을 떠올려 주고, '다 이루었다는 처참한 감정'에 휩싸인 양치기나 피 흘리는 어린 양을 보면서 그리스도를 떠올려 주는 고마운 독자들이다. 어쨌거나 글쓴이가 굳이 구경(kaliber)과 토끼(kaniner)의 말장난을 집어넣은 데는 살상 무기와 부활절 토끼를 대조시킨다는 의도가 있었을 것이고, 굳이 그뢰나룬드(Gröna Lund)라는 유원지의 프리트팔(Fritt fall)이라는 놀이기구를 들먹인 데는 푸른 초원에 살던 인류가 자유와 함께 타락하는 창세기의 한 장면을 암시하겠다는 의도가 있었을 것이다.

『사랑한다고 했다가 죽이겠다고 했다가』가 목장이라면 이 모든 의미로 향하는 울타리 문이 활짝 열려 있는 목장이다. '차분하고 겸손하고 금욕적인' 분위기는 양을 닮았고, '미끌미끌하고 꺼끌꺼끌'한 목소리는 양털을 닮았다.

차례

여름

●

"내가 양의 주인이 아니라
양이 나의 주인인 느낌이랄까."

___ 7월 3일

"매애애애!" 소리는 들린다. 또 덤불숲에 들어갔는지 모습이 안 보인다. 양이 있다. 많이 있다. 호라스 엥달(Horace Engdahl)° 같은 사람에게 존경심까지는 아니어도 최소한 관심은 가진 적이 있었는데 그때 누군가에게 들은 말이 생각난다. 엥달을 보면 주변에 사람이 없을까 봐 겁내는 것 같기도 하고, 중요한 사람이라고 인정받지 못할까 봐 두려워하는 것 같기도 하다는 말이었다. 주변에 아무도 없을까 봐 겁내는 사람은 진짜 친구가 없기 때문 아닐까. 중요한 사람이라고 인정받지 못할까 봐 겁내는 사람은……,
"매애!"

° 1948년생. 스웨덴의 문학 비평가.

___ 7월 5일

양들이 채소밭 둘레에 그럴싸한 모습으로 누워 있다. 마릿수가 좀 적어 보인다. 암양 열두 마리와 새끼 양 열여섯 마리가 있어야 하는데, 이쪽에서 보니……, 아홉 마리뿐이다. 다들 모든 것이 만족스러운 듯하다. 양은 야트막한 언덕 위에 누워 내려다보기를 좋아한다. 뭔가 체크하는 것 같기도 하다.

___ 7월 10일

방목장에 좁은 오솔길들이 생긴다. 양이 한 줄로 다니는 것은 풀을 덜 상하게 하는 방법이다. 나는 생각해 내지 못했을 방법.

___ 7월 13일

날씨가 덥다. 다들 큰 나무 그늘 밑에 들어가 있다. 양은 저렇게 털이 복슬복슬해도 더위에 강하다고 한다. 역사를 거슬러 올라가면 양은 원래 사막 동물이었다. 가축용 급수 펌프(betes-pump)라는 유명한 골동품이 우리 목장에도 있다. 동물이 스스로 물을 퍼 올릴 수 있는 펌프로, 레버를 옆으로 밀면 작동한다. 원래는 젖소용이다. 양 중에 레버를 밀 수 있는 건 다 큰 암양 한 마리뿐인데, 그것도 목이 마를 때가 아니라 화가 났을 때만 민다. 내가 가서 몇 리터 퍼 올렸다. 양은 사실 물을 그렇게 많이 마시는 동물이 아니다.

8월 1일

적어도 하루에 한 번은 목장에 나가서 양 떼를 둘러보지만 여름에는 양에게 딱히 더 해 줄 게 없다. 다들 무탈한지, 물은 넉넉한지, 그 정도만 확인하면 된다. 최근에는 목장 사람 몇몇과 목양 분업 시스템을 실험하고 있다. 여러 가지 책임 분담 방식을 시도해 보았다. 그동안 새로 이사 온 사람도, 떠나간 사람도 있었지만 양은 그대로다.

소요 시간을 기록하는 방식도 적용해 보았다. 목장 체크에 10분, 이런 식이었다. 돌이켜 보니, 참 터무니없는 방식이었다. 일하는 재미를 좀 해치기도 했다. 양을 치는 즐거움 가운데 하나는 일이라는 생각이 들지 않을 때가 많다는 것이다. 내가 양의 주인이 아니라 양이 나의 주인인 느낌이랄까.

___ **8월 11일**

방목장을 한 바퀴 돌아보고 있다. 아무 이상 없다. 암양 한 마리가 무리에서 좀 떨어져 있다. 나를 한 번 쳐다보았다가 먼 데 한 번 쳐다보았다가 매애 울었다가 한다. 대체 왜 저러는지 나야 모르지만, 자기라고 알까.

___ 8월 18일

우리 목장은 어린 수컷들을 격리하고 있다. 성 성숙기에 접어든 수컷이 암컷을 덮칠 가능성이 높기 때문이다. 사춘기가 된 양은 강한 탈출 성향을 보인다. 어린 수컷들은 지난 몇 주 동안 거의 매일 탈출하고 있다. 내가 등을 보이는 순간만 엿보다가 곧바로 탈출하는 건가 싶을 만큼 그 정도가 심해졌다. 상황을 제대로 파악할 필요가 있었다. 아침마다 최대한 양들의 주의를 끌지 않으려 애쓰며 방목장 근처를 어슬렁거린 이유다.

며칠 지나지 않아 울타리를 훌쩍 뛰어넘는 수컷 세 마리가 나에게 딱 걸렸다. 탈출을 이끈 주동자들이 분명했다. 한 마리씩 뿔을 잡고 끌어다가 축사 안에 처넣었다. 하루 이틀 갇혀 있으면 잘못을 뉘우치겠지. 축사에 여분의 건초도 있으니. 어쨌든 오늘은 어린 수컷들이 탈출하지 않았다.

___ 8월 19일

오늘은 양들의 기분이 좋아 보였다. 축사에 가둬 두었던 수컷 한 마리를 시험 삼아 방목장으로 데려왔다. 마음을 고쳐먹었을 줄 알았는데 웬걸, 방목장에 들어오자마자 울타리를 타 넘었다. 탈출한 녀석을 붙잡아 도로 축사에 집어넣고 축사에 있던 다른 녀석을 데려와 보았다. 두 번째 녀석은 탈출할 생각이 없어 보였다. 지금 축사 안에 갇힌 두 녀석은 계속 탈출을 시도할 텐데. 겨울용 먹이를 보관하는 곳에 이대로 놔둘 수도 없고. 도축밖에 방법이 없겠다.

___ 8월 20일

축사에 들러 야수 두 마리가 어떻게 지내나 들여다보았다. 둘 다 나를 쳐다보는 눈초리가 건방지다. '죽여 주마'라고 생각했다. 건초도 좀 축난 것 같다. 밖으로 나와서 나머지 양들을 확인했다. 덤불숲이 있는 방목장에 엉겅퀴가 늘었다. 수컷들을 방목장 밖으로 유인하려고 알갱이 사료를 이용했다. 사료통을 따라다니는 건 금방 배우니까 방목장을 옮기는 일도 좀 쉬워지지 않을까.

수컷들을 새 방목장으로 옮긴 다음에는 암컷들이 있는 작은 방목장에 가서 울타리를 어찌어찌 수리했다. 상태가 나아졌다고 하기는 어렵지만 당분간 버틸 수는 있을 것이다. 진일보하려고 발버둥 쳐야 간신히 퇴보를 면할 수 있는 중년의 삶이 딱 이럴 테다.

암컷들이 축사 옆 작은 방목장과 덤불숲이 있는 방목장을 왔다 갔다 할 수 있게 울타리 문을 열어 놓았다.

___ 8월 23일

이제 암컷들도 탈출을 시도하고 있다. 오늘 아침에도 몇 마리가 울타리 밖에 서 있었다. 그나마 암컷은 다시 방목장에 몰아넣기 쉽다. 어느 구멍으로 빠져나왔는지 기억하기 때문에 방목장 밖에서 쫓기면 자기가 빠져나온 구멍으로 알아서 기어들어 간다. 방목장 울타리 안이 싫은 건 아닌데, 구멍을 보면 자기도 모르게 빠져나가고 싶어진다는 거 아니겠나. 나도 사람인데 그 마음을 왜 모르겠는가. 녀석들이 사람이라는 건 아니지만.

___ 8월 24일

오늘도 양들은 자기네가 빠져나갔던 구멍으로 알아서 기어들어 왔다. 오늘은 구멍이 유난히 작았다.

덤불숲이 있는 방목장에 철망을 설치하고 전기를 연결해 보았는데, 작동하는지 확실치 않았다. 같은 철망을 이웃 방목장에 설치하고 전기를 연결했을 때는 웬만큼 작동하는 것 같았다. 목장에서 양을 키운 첫해에는 전문가가 방문해 양털 깎는 법 같은 목축의 소소한 요령을 가르쳐 주었다. 사람이 털을 깎는 데 익숙해지듯 양도 털이 깎이는 데 익숙해지냐고 물었더니 전문가는 "양의 머릿속에는 먹이, 교미, 울타리 구멍, 세 가지뿐"이라고 말했다. 그 외에는 닥치면 닥치는 대로 그냥 받아들인다는 것이다.

오늘 탈출한 울타리 구멍은 정말 작았는데, 방목장에 있던 모든 양이 똑같은 구멍으로 빠져나갔다가 똑같은 구멍으로 기어들어 왔다.

___ **8월 25일**

양은 왜 계속 탈출하려 할까? 어쩌면 여러 곳을 돌아다니고 싶은 본능 때문 아닐까? 양을 칠 땐 방목장을 자주 바꿔주는 게 좋다. 방목장을 자주 바꾸면 풀이 고르게 자라 초지를 효율적으로 이용할 수 있다. 양 떼가 다음 주 주일의 교회 종소리를 듣기 전에 풀밭을 바꾸라는 속담도 있다.

___ 8월 28일

우리 목장에 새로 들어온 사람 중 한 명이 양에게 애정을 품기 시작한 듯 단체 메신저에 이런 글을 올렸다.

"수컷의 리더가 내 손에서 콩을 받아먹고 얼굴에 코를 비볐어요. 녀석을 도축하는 게 아무래도 내키지 않는데, 짝짓기용으로 키울 수 없을까요?"

내가 이어서 글을 올렸다.

"예상한 일입니다. 양에게 애정을 갖게 되셨군요. 다른 모든 일에서도 마찬가지지만, 목축업에서 애정은 많은 문제를 일으킵니다. 우리 목장 암컷들의 자식이자 조카인 수컷을 짝짓기용으로 키우자니. 2세를 생각하셔야죠. 사팔눈이면 어떻게 하실래요? 아이큐가 낮으면요? 다른 양들보다 더 낮으면 도대체 얼마나 낮을지……."

이 사람이 앞서 같은 대화창에 올린 글을 보면 어마어마하다.

"오늘은 야수들의 대서사시가 최종회를 맞은 날입니다. 우리는 저마다 블루베리 와인으로 단단히 무장하고 야수들을 지하 식량 창고에서 끌어내 과일주 창고에서 토막 냈습니다. 우리 손에 남은 것은 필레 두 덩어리, 스테이크용 살코기 여덟 덩어리, 갈비 네 덩어리 그리고 다짐육용 자투리였습니다. 그중 필레 한 덩어리로 정찬을 요리했습니다. 으깬 로즈메리와 마늘로 정성을 다해 고기를 문질렀습니다. 제가 지금껏 먹어 본 요리 중 최고였습니다. 어딘가 종교적이었습니다."

___ 8월 30일

오늘은 어린 수컷들이 있는 방목장에 가 보지 못했다. 오늘도 털 뭉치처럼 굴러다녔겠지. 대신 암컷들이 먹는 물을 체크했다. 그러고는 방목장에 들어가 암컷들 사이에 한참 서 있었다. 양들이 인간의 존재를 자연스레 받아들일 수 있도록 하는 방법이자 양들과 관계를 맺는 방법이다. 인생이라는 사업과 마찬가지로 목축 사업에서도 '신뢰'라는 상품은 유통기한이 짧다.

___ 8월 31일

새 메시지가 올라왔다.

"침대에 누워 있는데 양들이 매애 우는 소리가 들려요. 바로 창문 아래에서 들리네요. 무슨 일이 있나 나가 보겠습니다. 아, 어제 카탈로그에서 괜찮은 칼을 골랐어요. 오늘 주문하겠습니다."

사랑한다고 했다가 죽이겠다고 했다가 한다는 게 이런 건가.

가을

"우리가 살면서 하는 일이
전부 합리적일 수는 없지 않은가."

___ **9월 4일**

양과 함께 아무 일 없이 또 하루가 흘러간다.
양을 보며 딴생각을 하기 시작했다.
어딘가 「브로크백 마운틴」[○] 같다.

○ 리안 감독의 2005년 영화. 원작은 애니 프루의 동명 소설이다.

___ 9월 5일

목축민의 마음을 조금씩 이해하고 있다. 예컨대 날씨를 비롯한 여러 변화를 더 이상 감각의 대상으로 보지 않게 됐다. '오늘은 날씨가 좋군.' '오늘은 날씨가 고약한걸.' 그렇게 생각하지 않고 그날의 날씨에 대처할 방법을 찾는다. 추워지면 물이 얼지 않게 수도관을 살핀다. 바람이 불면 축사 문짝이 떨어져 나가지 않게 손본다. 비가 오면 우비를 챙긴다. 풀잎 색깔이 변하면 슬슬 겨울용 사료를 준비한다. 이런 모든 것 속에 근원적인 아름다움이 존재하리라 믿으면서.

__ 9월 9일

오늘 암컷들이 마당으로 찾아왔다. 반갑기는 했지만 좀 부적절한 만남이었다. 녀석들을 방목장 안으로 몰아넣고 울타리를 수리했다.

___ 9월 15일

몸이 아프다. 양이 탈출하기에 더없이 완벽한 날이다.

오늘 한 일은 물을 체크한 것.

___ 9월 17일

어제는 온종일 침대에 누워 있었다. 아내가 "병이 낫고 싶지 않다면 모르지만 그게 아니라면 좀 쉬는 것이 어떠냐"고 말했다. 아내 몰래 빠져나가 울타리를 수리했다. 오늘은 축사에서 울타리 문까지.

수컷들을 사료통으로 유인해 방목장을 옮기는 데는 실패했다. 오늘 한 일은 암컷들에게 물을 조금 준 것.

___ 9월 21일

이번 감기는 지독하게 안 떨어진다. 수컷들을 사료통으로 유인하는 일은 또 실패로 돌아갔다. 암컷들에게 축사로 가는 문을 열어 주려면 울타리를 마저 세워야 하는데 지금은 기력이 달린다. 채소밭 옆 방목장 울타리에 난 구멍을 막아야 했기 때문이다. 오늘 한 일은 암컷들에게 물을 준 것.

___ 9월 22일

폐렴에 걸렸다. 오늘 한 일이라곤 암컷들을 멀찍이서 쳐다본 것뿐이다. 수컷들이 있는 방목장에 풀이 부족하지 않길 기도할 뿐이다.

9월 26일

오늘은 웬만큼 일어설 만했다. 아침에는 수컷들을 들여다보았다. 다들 괜찮은 것 같다. 암컷들도 별문제 없어 보인다. 수컷들이 있는 방목장에 미네랄 블록을 놓아 주었다. 암컷들 쪽에도 새로 놓아 주어야겠다.

___ 9월 27일

초지의 상태가 점점 나빠지고 있다. 로테이션에 실패한 내 잘못이다. 내가 여름 동안 방목장을 좀 더 자주 옮겨 주었다면 먹이가 지금보다 훨씬 많이 남아 있었을 텐데. 로테이션 계획은 있다. 방목장 개수도 충분하다. 축사 뒤에 방목장이 세 개 있는데 면적이 2만 제곱미터 정도 된다. 채소밭 둘레와 큰길 옆 덤불숲 주변에 작은 방목장이 여러 개 있고 이걸 다 합하면 또 2만 제곱미터 정도 된다. 지난여름 로테이션이 엉망이었던 이유는 계획을 세워서 옮긴 게 아니라 그때그때 방목장의 울타리를 보고 구멍이 없는 곳으로 옮겨 갔기 때문이다. 양에게 필요한 초지의 면적을 대략 계산하는 방법이 있다. 1만 제곱미터당 암컷 다섯 마리, 이런 방식이다. 지금은 잊어버렸지만 잊어버리기 전에도 틀리게 기억하고 있었던 것 같다. 우리 목장에 초지 면적이 충분하다는 건 확실하다.

___ 10월 1일

기계와 화석연료를 쓸 수 없었다면 양을 키우는 일이 어마어마하게 힘들었을 것이다. 아예 불가능했을지도 모른다. 화석연료가 바닥나면(시간문제다) 힘들어지는 건 양보다 양치기 쪽이 아닐까.

방목장 울타리 말뚝 중에 몇 개가 자꾸 흔들렸다. 바닥이 돌덩이처럼 단단해서인데 트랙터 바퀴가 헛돌지 않도록 전에 누가 콘크리트를 부어 놓은 모양이다. 양은 들락날락하고 말뚝은 흔들흔들했다. 말뚝을 아무리 튼튼하게 박아도 20센티미터 정도밖에 안 들어갔다.

오늘 문득 해결책이 생각났다. 트랙터를 몰고 와서 바닥에 팰릿 포크(pallet forks)를 박았다. 깊숙한 구멍이 뚫렸고 말뚝이 쑥 들어갔다.

___ 10월 2일

축사 옆 울타리 작업을 끝낸 후 로냐°처럼 고함을 질렀다. 그렇게 속이 시원할 수가 없었다. 진짜 목축업자들에게는 안 들렸기를 바랄 뿐이다. 아무에게도 안 들렸기를. 그렇지만 양들에게는 들려도 좋았을 것 같다. 녀석들도 생각할 거리가 필요하지 않을까. 아쉬운 건 없다 해도 온종일 어슬렁거리기만 하면 너무 지겹지 않을까. 사람이 기본적인 욕구 외에 아무것도 생각하지 않는다면? '나 지금 배고픈가? 목마른가? 추운가?' 하는 생각뿐이라면? 미치지 않을까? 오히려 태평천국이려나?

° 스웨덴 작가 아스트리드 린드그렌의 동화 『산적의 딸 로냐』의 주인공. 린드그렌은 『말괄량이 삐삐』의 원작자이기도 하다.

___ 10월 3일

수컷들을 들여다본 다음 식수통이 있는 축사 문이 안 닫히게 고정했다. 암컷들을 채소밭 옆 방목장으로 옮긴 뒤, 덤불숲이 있는 방목장 울타리 문도 열어 놓았다. 채소밭 주변에 토끼풀이 많다. 야윈 녀석들이 많이 먹고 살이 좀 쪘으면 좋겠다.

___ 10월 10일

오늘은 스페인 남자와 함께 암컷 방목장에 갔다. 그 사람은 계속 떠들고, 양들은 계속 그를 쳐다봤다. 나는 도축장에 가서 윈치를 조였다.

___ 10월 11일

오늘 아침에는 별문제 없이 털을 깎을 수 있었다. 털을 제대로 깎고 있다는 느낌이 든 것은 이번이 처음이다. 이 정도가 되기까지 긴 시간 그리고 적잖은 피와 땀이 필요했다. 그럴 만한 가치가 있었다. 피는 주로 양들이 흘렸는데, 올해 들어선 내가 양을 다치게 한 적이 거의 없다.

___ **10월 19일**

양들은 잘 지내고 있다. 오늘은 가을뿌림한 밀밭으로 탈출해 산책을 즐기는 여유까지 보여 주었다. 나는 잠시 양들을 그대로 둔 채 울타리를 수리했다. 신선한 밀 싹을 먹으면 양들에게 좋지 않을까. 작년에 내가 이 밭을 사용하는 목축민에게 양들이 자꾸 밭에 들어가 새로 난 싹을 뜯어 먹으면 추수에 피해가 있지 않겠냐고 물었다. 그 사람은 "그런 거 없다"라고 말하며 얄궂은 미소를 지었다.

11월 2일

밤새 첫눈이 내려 방목장이 온통 하얗다. 축사에 머물던 양들이 아침에 일어나 방목장을 내다보고 있다. 밤새 눈 내리는 것을 바라보고 있었는지도 모른다.

어제는 축사 문을 열고 건초를 좀 펼쳐 놓았다. 겨울용 사료의 대부분을 차지하는 사일리지[○]는 진짜 목축업자들이 만든 것을 사 오지만 건초는 우리 목장에서 직접 만들기도 한다. 건초를 만든다는 것은 너무 후한 표현이고, 그저 풀을 쇠스랑으로 긁어서 한곳에 모아 놓는 것이다. 얼마 되지 않는 사료를 위해 너무 많은 힘을 쏟는다고 할지도 모르겠다. 하지만 우리가 살면서 하는 일이 전부 합리적일 수는 없잖은가.

어쨌든 이렇게 힘들게 만든 건초를 첫눈이 쌓인 날 양

○ 목초류를 베어 저장 탱크나 구덩이에 넣고 젖산을 발효시켜 만든 사료.

들에게 줄 때의 느낌은 꽤 특별하다. 뭐랄까 '우리가 딱 지금처럼 눈 내리고, 바람 불고, 춥고, 너네 뜯어 먹을 풀이 없어졌을 때를 대비해 몇 달 전에 만들어 둔 거야. 우리 없었으면 너네 어쩔 뻔했니'라고 생색내는 느낌이랄까. 양들의 눈을 들여다보면 고마워하는 것 같다기보다는 단순히 놀란 것 같다. '우와, 이제 굶어 죽겠다 했는데 여기 이런 게 있었네' 하는 눈빛이랄까.

___ 11월 3일

메신저 대화창에 글을 올렸다.

"오늘 구테(Gute)° 수컷들을 보러 왔어요. 크기도 적당하고, 털색도 좋고, 뿔도 구테답네요. 마음에 들어요. 아페 아니면 브롤레, 둘 중에서 고를게요. 둘 다 연한 바탕에 희미한 줄무늬가 있거든요. 자! 짝짓기의 계절이 왔습니다. 그럼, 이번 주 안에 하겠습니다. 양들한테 하게 하겠다, 그 말입니다."

° 스웨덴 양의 한 품종. 구테의 어원은 고틀란드(Gotland) 혹은 구틀란드(Gutland, '고트 땅')와 연결된다.

___ 11월 5일

우리는 브롤레를 선택했다. 브롤레를 데리고 있던 노부부의 목장은 우리 목장에서 몇 킬로미터 떨어진 작은 곳이었다. 암컷은 열에서 열다섯 마리 정도였다.

이런 작은 목장의 주인들은 수컷에게 좀 호들갑스러운 이름을 붙이는 경향이 있다. 우리가 수컷을 사러 갔던 목장 중에는 수컷들에게 유명한 페미니스트의 이름을 붙인 곳도 있었다. 우리는 그 목장에서 클라에스 보리스트룀(Claes Borgström)[○]을 데려올까 하다가 결국 팬텀[○○]을 데려왔다(여자를 지키는 것도 팬텀이 하는 일 중 하나인 것 같다).

노부부는 친절한 사람들이었다. 안주인은 손주들의 사

○ 스웨덴의 법조인 겸 정치인 클라에스 보리스트룀. 보리스트룀은 여성주의 정치가 구드룬 쉬만(Gudrun Schyman)이 발의한 '남자 과세 법안'을 지지했다.
○○ 『팬텀』의 슈퍼히어로 주인공. 『팬텀』은 미국에서 출간되어 스웨덴에서 큰 인기를 끈 만화 시리즈다.

진을 보여 주었고, 바깥주인은 자기 양들의 사진을 보여 주었다. 우리는 친척의 이름을 하나씩 대면서 두 가족 사이에 존재하는 연결고리들을 하나하나 검토했다. 그쪽 가족과 우리 고모 중 한 명이 무슨 관계를 맺고 있었는데, 솔직히 어떤 관계인지 잘 이해하지는 못했다. 이렇게 보면 시골이 굴러가는 방식도 페이스북과 비슷하다. 탈퇴가 불가능하다는 차이만 있을 뿐.

브롤레를 어렵사리 자동차 트렁크에 싣고 돌아왔다. 방목장에 도착한 브롤레는 암컷들을 보자마자 상황을 파악했다. 벌름벌름. 그러다가 킁킁. 그러다가 퍽퍽. 이런 걸 본성이라고 해야 할지.

___ 11월 15일

오늘은 목축 일지를 정리하는 데 꽤 많은 시간을 들였다. MV○ 방역 프로그램의 표본추출 날짜가 얼마 남지 않아서 더 이상 미룰 수 없었다. 기록을 확인하다 보니 006이 두 마리였다.

그리 큰 문제는 아니다. 두 마리는 색이 완전히 다르다. 한 마리는 회색이고 한 마리는 진회색이다.

그런데 어쩌다 두 마리가 같은 번호표를 달게 되었을까? 양들이 할 수 있는 일이 많긴 하지만 번호표를 바꿔 달 수 있을 것 같지는 않은데.

○ 면양 메디-비스나병.

1006
1006

___ 11월 16일

우리 목장은 건초를 만드는 것과는 별도로 사일리지 제조용 초지를 두고 있다. 하지만 진짜 목축업자들처럼 사일리지 제조에만 사용하는 건 아니다. 늦여름이 되면 다시 방목장으로 사용한다.

우리 목장에서 만든 사일리지가 양들의 입맛에 안 맞을 줄 알았는데 오늘 보니 양들이 우리 사일리지를 열심히 먹고 있었다.

어제는 양들이 한동안 채소밭에 들어가 있었다. 울타리를 수리한 지 얼마 안 됐는데 그새 말뚝이 빠졌던 것이다. 말뚝은 그저 구멍에서 빠져나오고 싶어 안달이다. 일단 빠지지 않도록 말뚝 옆에 돌을 쑤셔 박았다. 정말 안 빠지는지 당분간 두고 봐야겠다. 진짜 목축업자였다면 이럴 때 돌을 쑤셔 박는 대신……. 진짜 목축업자가 이럴 때 어떻게 하는지 정말 알고 싶다.

___ 11월 18일

시골에 살면 교제할 기회가 적어 외로울 것이라 생각하는 사람들이 있다.

내가 만나는 상대는 양들이다.

교제냐 아니냐를 결정하는 것은 얼마나 자주 만나느냐가 아니다. 어떤 상대를 만나느냐가 더 중요하다. 다시 말해 나와 상대가 서로 동일시하기를 원하는가, 우리가 서로를 비추는 거울이 될 수 있는가가 중요하다.

사교의 기회는 시골이나 도시나 별반 다르지 않다.

시골에 처박힌 내가 만나는 상대는 양들이다.

___ 11월 20일

문 앞에 서서 밖을 내다보고 있다. 녹은 눈 사이로 풀 색깔이 아직 약간 남아 있다. 처음부터 이럴 계획은 아니었고 하다 보니 이렇게 됐는데, 결과적으로 잘한 것 같다.

양들이 겨울용 먹이를 먹으러 축사에 들어오는 때다. 축사 바로 옆에 가장 넓은 방목장이 있다. 축사 문은 거의 항상 열려 있으니까 사료가 더 필요한지 아닌지를 양들이 결정할 수 있다. 그래서 잘됐다는 거다. 방목장에 풀이 부족한 걸 제일 잘 아는 게 바로 양이잖은가.

___ 11월 24일

오늘 아침에는 양수기가 동파하지 않도록 방목장 한 곳을 단수했다. 기온이 영하로 떨어지기 전에 수도와 축사 급수대도 확인해야겠다.

겨울

"계획을 세우고
시간을 정해서 하는 게 아니라 그냥 한다."

___ 12월 2일

사일리지가 잘 펴지지 않는 날이 있다. 오늘이 그렇다. 덩어리진 풀이 엉겨 붙어 떨어질 생각을 안 한다. 풀과 한참 씨름하다 보면 온몸에서 땀이 난다. 화도 난다. 이곳에 목축 공동체를 만든다 어쩐다 하더니 다들 말뿐이었구나. 일하는 사람은 나 하나밖에 없구나. 억울함이 밀려온다. 평소에는 흥분을 잘 안 하는 편인데, 호흡이 가빠질 정도로 힘든 일을 하다 보면 예상치 못한 분노가 치밀어 오른다. 카타르시스 효과가 있다.

12월 12일

한동안 양들을 제대로 못 챙겨 주다가 오랜만에 축사에 들어와 보았다. 사일리지를 한두 번 걷어차 주고 문 앞에서 내다보니 양들이 방목장에 나가 풀을 찾고 있다. 이제는 정말 겨울이라 뜯어 먹을 만한 풀이 없을 텐데 사일리지가 아직 꽤 남아 있다.

양들이 나를 보고 "매애" 우는 소리를 높이는 게 먹이를 더 달라는 뜻 아닐까. 물론 양이 '나는-배가-고프다-내게-먹이를-다오'라는 언어적 사고를 펼칠 순 없겠지만 인간과 살아온 수 세기 동안 소통 본능이 생긴 것 아닐까.

"매애-" 우는 소리가 더 높아졌다. 밤에 배고픈 양들이 축사에 들어와 아무 사고 과정 없이 남은 사일리지를 먹을 수 있도록 축사 불을 켜 놓았다.

__ 12월 13일

새 사일리지를 실어 왔다. 지난번에는 거의 3주를 버텼다. 트랙터에 약간 문제가 있어서 라디에이터를 교체해야 했다. 굳이 직접 했던 이유는 이 기회에 확실히 배워 두고 싶어서였다. 다음에 똑같은 문제가 생길 때쯤이면 다 까먹고 새로 배우겠지만.

사일리지를 내리다가 트랙터로 가로대를 찍었다. 가로대는 고치면 되니까 큰 문제는 아니지만, 이 일을 계기로 우리 목장에 대해 다시 생각해 보았다. 우리 목장에는 우리에게 맞는 소규모 시스템이 필요할 것 같다. 예컨대 사일리지도 더 작아야 한다.

우리 애 하나가 브롤레와 친해졌다.

양들이 말을 듣지 않게 된 게 대략 한 주 전부터다. 내가 시간을 들여서 방목장을 둘러보지 않고 밖에서 체크만 하고 그냥 간다는 걸 재깍 알아챈 것이다.

___ 12월 16일

며칠 전 트럭에 실려 온 새 철망이 나를 기다리고 있다. 당장이라도 울타리 작업을 시작하고 싶다.

___ 12월 17일

잠시 인사나 하려고 축사에 들렀다. 내가 축사 안을 왔다 갔다 하고 있었더니 양들이 괜히 "매애" 울면서 하나둘 들어왔다. 내가 사일리지를 펼쳐 놓은 곳에 가서 좀 더 먹기 좋게 갈퀴질을 하고 있었더니 양들이 나를 의심의 눈초리로 쳐다보았다. 나를 보고 반가워서 따라 들어온 줄 알았는데 아니었나 보다.

녀석들이 이웃 방목장을 찾아가는 일은 이제 없어졌지만 여전히 덤불숲이 있는 방목장에 가서 한참씩 시간을 보낸다. 풀을 찾아다니는 게 습관인 건지 정말로 사일리지보다 얼었다 녹은 풀이 더 좋아서 저러는 건지 모르겠다.

한 녀석의 상태가 좀 이상하다. 아픈 것 같지는 않은데 움직임이 영 둔하다. 우울증인가?

___ 12월 18일

수의사에게 암컷의 상태를 이야기했다. 수의사는 일단 지켜봐야겠지만 열이 나고 회복될 기미가 안 보이면 처치해야 한다고 말했다. 당장 체온을 재러 가야겠다.

___ 12월 18일(저녁)

39.5도면 양에게는 정상 체온이다. 열이 나는 건 아닌 듯하다. 건초와 알갱이 사료를 먹기는 하는데 계속 드러누워 있다. 살릴 수 있을지 솔직히 잘 모르겠다. 좀 더 지켜봐야겠다.

12월 20일

사일리지가 줄어드는 속도가 빨라졌다. 트랙터로 새 사일리지를 내리면서 좋은 기술을 배웠다. 이번에도 가로대를 찍으며 우지끈 소리가 났지만.

브롤레는 항상 앞장선다. 리더라서가 아니라 멍청해서 그런 것 같다. 양 떼는 가장 멍청한 양을 선두에 세운다. 무슨 일이 닥칠지 알 수 없으니까.

숫양의 심리에는 흥미로운 구석이 있다. 숫양의 심리와 인간의 심리가 만나는 지점이 흥미롭다는 게 더 정확한 표현이겠다. 한 숫양이 여러 암양 사이에 있을 때 숫양은 항상 맨 앞에서 주변을 살핀다. 하지만 양치기가 나타나면 숫양은 어느새 맨 뒤로 자리를 옮긴다. 양치기가 등과 턱 밑을 긁어 주는 걸 좋아하기 때문이다. 지금의 브롤레처럼.

숫양과 가까운 사이가 되는 것, 숫양을 껴안는 것, 숫양과 나란히 걷는 것, 심지어 이름을 불렀을 때 숫양이 달려

오도록 하는 것은 별로 어렵지 않다. 인내심이 조금만 있다면 숫양을 개처럼 길들이는 것도 가능하다. 숫양과 한 가족처럼 지내던 소규모 목축인이 어느 날 문득 숫양을 팔거나 도축해야 한다는 사실을 깨닫고 충격받는다는 이야기가 수도 없이 많다.

사람이 그렇게 숫양과 친하게 지내다 보면 숫양이 사람을 들이받기 시작하는 터닝포인트가 어김없이 찾아온다. 숫양이 우정과 경쟁의 차이를 잘 몰라서 그렇다는 이야기를 들은 적이 있다.

나는 우리 목장의 첫 숫양이었던 팬텀을 통해 그 과정을 경험했다.

한동안 우리는 신혼부부처럼 껴안고 뒹구는 행복한 나날을 보냈다. 하지만 어느 날 갑자기 녀석이 작정하고 내 허벅지를 들이받았다. "양이 사람을 들이받으면 당장 붙잡아서 바닥에 드러눕혀야 한다. 그래야 양이 자기 분수를 안다"는 충고가 떠올랐다.

이제 와 생각해 보면 숫양이 이해할 수 있는 관계는 결국 상하관계뿐이었던 것 같다. 언덕의 제왕이거나 먹잇감이거나.

한동안 녀석은 자기가 내 손아래 친구라는 것을 받아들이는 듯했지만 몇 달 못 가 또 나를 들이받았다. 나는 이번에도 녀석을 붙잡아 바닥에 드러눕혔고, 사흘 만에 또 들이받혔다. 나는 또다시 녀석을 붙잡아 바닥에 드러눕혔고, 이번에는 30초 만에 다시 들이받혔다.

관계는 그렇게 끝났다. 우리는 더 이상 친구가 아니었다. 나는 녀석을 벌리했다. 양 떼를 보살피기가 너무 어려워졌다. 끔찍한 소리 같지만 녀석을 도축했더니 모든 것이 편해졌다.

진화의 법칙이든, 양 떼의 신이든, 우연이든, 마치 초자연적인 무언가가 이렇게 되도록 정해 놓은 것만 같다. 우리가 숫양을 죽일 수 있는 건 숫양이 이렇게 구제 불능 상태에 빠져 주는 덕분이다. 사람이 양을 죽이지 못한다면, 애초에 기르지도 않았을 것이다.

___ 12월 22일

병이 났던 양은 점점 나아지는 것 같다. 다른 양들과 함께 풀을 뜯고 있다. 195번 양이다. 숫자로 부르는 방식이 너무 몰개성적인 것 같지만 숫자가 꽤 어울리는 것도 사실이다. 양의 일차적 존재 단위는 양 한 마리 한 마리가 아니라 양 떼다. 이름을 부르는 양은 교미용 수컷뿐이다. 사람이 교미용 수컷에게 이름을 붙이는 이유는 그런 양을 더 존중하기 때문이 아니라 그 양이 개체로서의 의무를 다하길 기대하기 때문이다.

___ **12월 28일**

양치기의 겨울 일정이 시작되었다. 해마다 똑같다. 관이 얼면 끓는 물을 부어 준다. 그런데 올해는 때를 놓쳤다. 기온이 영하 20도까지 내려가면서 관이 꽁꽁 얼어붙었다. 오늘 밤에는 물통이 필요하겠다.

슬슬 새 건초를 펼칠 때가 된 것 같다.

___ 1월 6일

새 건초 뭉치를 펼쳤다. 깔 수도 있고 먹을 수도 있다. 주식보다는 간식에 가깝다. 낡은 울타리를 철거하고 있자니까 소를 키우는 진짜 목축업자가 다가와 사료용 풀의 파라미터에 관해 강의를 늘어놓기 시작했다. 자기는 젖소를 키우는데 젖소의 사료는 열량을 최대한 함유하는 것이 중요하다, 당신네는 양을 키우니까 새끼가 자라는 여름이 주요 '생산 시기'인데 당신네 양의 여름용 먹이는 방목장의 풀뿐이다, 겨울에는 양이 임신하므로 먹이에 좀 더 신경 써야 한다, 신경 쓴다고는 해도 먹이가 적당량인지를 확인하는 일이 전부다, 먹이가 적당량인지를 확인하는 일이 별것 아닌 것 같아도 꽤 까다롭다, 적당량이라는 건 생산을 최대화하느냐 비용을 최소화하느냐에 달려 있기 때문이다, 한쪽이 옳다고 말할 수 없으니 알아서 결정해야 한다, 따위의 이야기였다. 우리의 결정은 새 사일리지를 실어 오는

것이었다. 지난번 사일리지는 열흘밖에 못 갔는데, 제일 추운 시기였던 데다 건초 간식도 전혀 없었으니 열흘을 버틴 것도 다행이었다.

___ 1월 8일

어제 울타리 작업을 했다. 계절에 안 맞는다고 할까, 목축민의 연간 일정표에 안 맞는 작업이었지만 우리가 그렇게 전통을 따르는 목장은 아니니까. 양들은 철망이 무서웠는지 멀찍이 떨어져서 불안하게 쳐다보았다.

사일리지를 더 촉촉한 종류로 바꾸었다. 고단백이라고 한다. 양들이 잘 먹는다.

말뚝을 뾰족하게 깎을 때 쓰는 톱도 고쳐야 했다. 이런 게 성가신 일이다.

눈에 파묻힌 작은 울타리에는 철망 없이 전선만 설치했는데, 결과는 성공적이었다. 축사 전기를 밖으로 빼서 연결한다 어쩐다 하느라 번거롭기는 했지만 결국은 전기가 가장 좋은 방법인 듯하다.

1월 12일

고단백 사일리지를 먹어서 그런가 건초를 남기는 것 같다.

눈이 쌓이면서 울타리 작업이 더 힘들어졌다. 쓰고 남은 철망 뭉치는 축사 모퉁이에 세워 놓았다. 시간이 나면 온실 쪽에도 철망을 설치해야겠다. 강풍이 불어 거대한 떡갈나무가 집 옆으로 쓰러졌는데, 숲 방향으로 쓰러져 준 덕분에 울타리가 한 구간 생겼다.

1월 15일

오늘은 암양 몇 마리를 손으로 만져 보면서 건강 상태를 체크했다. 토실토실 살찐 흰색 교배종은 엉덩이를 꽉 눌러도 뼈가 잘 느껴지지 않는다. 브롤레는 교배종보다 야위었고, 195번은 뼈만 앙상했다. 아주 튼튼하진 않지만 처치해야 할 정도로 약하지도 않았다. 모든 양을 이런 방법으로 체크해 볼 생각이다. 야윈 녀석들에게 따로 보조 사료를 주려면 어떻게 해야 할까. 195번 혼자 축사 안에 있을 때는 그냥 주면 됐는데 지금 그때처럼 보조 사료를 주었다가는 힘센 녀석들이 다 먹어 치우겠지.

1월 16일

암양 두어 마리를 더 체크했다. 헬싱에(Helsinge)[○]와 교배종을 비교하면 헬싱에가 더 야위었다.

축사 조명을 밝게 고쳤다. 빛이 늘었으니 체중도 늘어나기를.

오후 다섯 시까지 기다렸다가 축사로 향했다. 밖이 어두운데 아직 안 들어온 녀석들이 있다. 스물두 마리 중에 열아홉 마리밖에 안 보인다.

○ 스웨덴 양의 한 품종. 헬싱에의 어원은 헬싱글란드(Helsingland, '헬싱 땅')와 연결된다.

___ 1월 17일

암양을 몇 마리 더 체크했다.

살찐 녀석들은 걱정할 게 없다.

___ **1월 18일**

새 사일리지를 실어 왔다. 녀석들이 배가 고팠는지 먼저 와서 기다리고 있었다. 이번에는 아무 사고 없이 정확한 위치에 내리는 데 성공했다.

키포인트: 서두르지 말 것, 경험을 쌓을 것, 같은 일을 반복할 것. 표현을 바꾸면 목축민이 될 것. 요컨대 일을 하려면 제대로 할 것.

1월 26일

양들은 눈을 좋아하는 것 같다. 눈이 오는 날은 숲까지 나가고, 축사 안에 있는 녀석들도 평소보다 즐거워 보인다.

내가 축사에 있으면 녀석들도 따라 들어온다. 내가 새 사일리지를 펼칠 때 다들 앞다투어 나타나는 것을 보면 맛있는 부분이 따로 있는 모양이다.

두 녀석이 항상 맨 뒤로 밀려나 꼴찌로 먹는다. 공간을 보면 스무 마리가 다 같이 먹을 수 있을 만큼 널찍한데 서로 먹는 걸 방해하는 것 같기도 하다. 다섯 녀석이 식탁을 다 차지할 때도 있다.

___ 2월 1일

양의 건강 상태를 체크하는 작업이 얼추 마무리돼 간다. 195번을 포함해 네다섯 마리가 좀 야위었다. 2주 후에 다시 체크해 보고, 그때도 변화가 없으면 어떻게든 살찌울 방법을 찾아야 한다.

2월 2일

양 말고 다른 동물을 키우는 사람은 어떤지 모르겠다. 예컨대 개를 키우는 사람은 개 한 마리 한 마리에게 애착을 느끼는 것 같은데 양을 키우는 나는 그렇지 않다. 양을 키우는 생활 전체에 애착을 느낄 뿐이다.

일이라는 생각으로 계획을 세우고 시간을 정해서 하는 게 아니라 그냥 한다. 양을 키우는 생활은 항상 양에 신경 써야 한다는 점에서 취미 생활과 다르다. 1년 365일 양에게 해 줘야 할 일이 있고, 만약에 대비해 하루 24시간 양들 가까이에 있어야 한다.

헌신이라면 헌신인데 헌신의 대가가 뭐냐고 물으면 잘 모르겠다. 양고기? 양털? 그보다는 헌신하는 삶 그 자체가 대가라고 하는 편이 맞겠다. 어떻게 하면 충만한 삶을 살 수 있을까 같은 걱정을 할 필요가 없다. 삶을 꽉꽉 채워 주는 녀석들이 200미터 앞 방목장에 살고 있다. 되새김질에

여념이 없는 녀석들, 꽉 찬 게 뭐고 덜 찬 게 뭔지 전혀 모르는 녀석들이다.

2월 6일

나는 낡은 배관 부품이 가득 든 상자를 하나 갖고 있다. 진짜 배관공이라면 쳐다보지도 않을 잡동사니뿐이지만 내게는 보물 상자다. 물론 그 안에서 딱 들어맞는 부품을 찾아낸 적은 없다. 있는 것들로 어떻게든 해결해야 한다. 이번에 축사 식수대에서 물이 새 조인트를 바꿔야 했다. 당연히 딱 맞는 부품이 없었다. 어느 레스토랑 부엌에서 쓰다 버린 것 같은 이상하게 휜 물건을 대용품으로 사용했는데 수리가 썩 잘된 듯하다.

___ 2월 9일

기후가 변하면서 지구상에 생명체가 살아남을 가능성이 희박해지고 있다는 기사를 읽는 중이다. 그냥 이렇게 끝나는 걸까? 양들도 이런 걱정을 하는지 잘 모르겠다. 어쨌든 양들과 함께하는 삶이 지속 가능한 삶인 것 같기는 하다. 옛날에는 양만 있으면 충분했다. 양을 가지면 먹을 음식, 추위를 막아 주는 온기, 입을 옷, 장난감 등을 다 가진 것과 마찬가지였다. 지금은 거의 모든 것을 중국에서 수입한다.

2월 11일

요즘은 양들과 많은 시간을 보내지 못하고 있다. 그 대신 많은 시간 양을 생각한다. 작년에는 겨울에서 봄으로 넘어갈 무렵 양들을 두어 주 축사에 가두어 두었다. 풀이 충분히 자라기 전에 양들을 방목장에 들여보내면 나중에 풀이 부족해질 수 있기 때문이다. 양들에게는 일종의 수감 기간이었다. 올해에는 어떻게 해야 할지 잘 모르겠다.

___ 2월 16일

토요일에 양들의 건강 상태를 또 한 번 체크했다. 야위었던 네 마리가 꽤 살이 쪘다. 이제 야윈 건 195번뿐이다. 네 마리가 어떻게 좋아졌을까 생각해 보니 몇 가지 이유가 떠오른다. 최근에 들여온 고단백 사일리지가 두 덩어리 만에 효과를 발휘했을 가능성이 있다. 아니면 내가 요새 사일리지를 좀 더 정성스럽게 펼쳐서 날마다 조금씩 칸막이 안에 넣어 준 덕분인지도 모른다. 뒤로 밀려나서 차례가 오기를 기다려야 하는 일이 없어진 것이다.

2월 17일

오늘은 축사 위층에서 일하다 쭈그리고 앉아 아래를 내려다보았다. 양들이 먹이 앞에서 몸싸움을 하고 있었다. 브롤레는 암양 한 마리를 뿔로 밀쳐 내기도 했다. 다루기 쉬운 녀석들이다. 녀석들을 상대할 때는 관계형성법이니 동기부여책이니 하는 것을 고민할 필요도, 수행평가를 실시할 필요도 없다. 녀석들이 하는 일에 응원과 지지를 보내줄 필요도 없다. 하긴, 녀석들이 무슨 일을 한다고 할 수도 없겠다. 되새김질을 일이라고 할 수 있다면 모르겠지만.

봄

"보살펴 주어야 하지만
끼어들어선 안 된다."

___ 3월 2일

양들의 먹성이 부쩍 좋아졌다.

좀 전에 아이들이 와서 양들과 어울려 놀다 돌아갔다.

어제는 양들이 두 차례나 탈출했다. '탈출'했다는 건 너무 거창한 말이고, 그저 울타리 밖에 멀뚱멀뚱 서 있을 뿐, 어디로 가야겠다는 생각도 없는 것 같았다. 첫 번째 탈출 때는 보더콜리 한 마리가 자기가 알아서 양들을 몰고 들어왔다. 아무 의문도 없는 명쾌한 행동이었다. 두 번째 탈출 때는 내가 직접 양들을 몰고 들어왔다. 누가 보았다면 '의문을 품고 불안에 떠는 행동'이라고 했을 것이다. 양들이 어디로 빠져나가는지, 울타리를 고쳐야 할지 말아야 할지 같은 의문과 불안이었다.

___ 3월 5일

나는 양과 함께 살아간다. 함께 살아간다는 게 뭘까. 내가 양과 많은 교감을 나누는 건 아니다. 서로 마주 보는 시간은 하루에 채 몇 분이 안 된다. 생명을 보살피는 건 교감과는 다른 차원이다. 양과 내가 서로 마주 본다는 말로는 내가 양을 보살핀다는 사실을 다 표현할 수 없다. 양과 함께 있지 않을 때도 양을 돌보는 일은 계속된다. 울타리를 세우고, 겨울용 사료를 만들고, 똥을 치우고, 물을 채운다. 사람이 양을 가축으로 길러 온 역사가 1만 1,000년이라고 한다. 양과 내가 서로 마주 볼 때면, 그 까마득한 역사가 잠겨 있는 깊은 우물을 들여다보는 것만 같다. 우리가 살면서 함께 경험하고 부딪히고 극복하고 걱정하고 기뻐했던 모든 것, 삶의 모든 국면, 시간과 공간 속에 불가사의하게 펼쳐지는 모든 삶이 그 눈 속에 잠겨 있는 것만 같다.

___ 3월 10일

양을 치는 사람이 할 일 중에 발굽 다듬기를 빼놓을 수 없다. 발굽 다듬는 법을 알려 주겠다는 자료가 얼마나 많은지 모른다. 과장이 아니다. 양 발톱을 깎아 주고 싶은데 어떻게 깎는지 모른다면 책과 인터넷에서 얼마든지 알아볼 수 있다.

암묵지(暗黙知)의 완벽한 사례가 바로 발굽 다듬기다(암묵지를 다루는 학술 논문도 있다). 굳이 이런 거창한 용어를 써야 하는지는 잘 모르겠다. '암묵적 지식'이라는 말보다는 '간단한 요령'이라는 말이 더 어울릴 것 같다. 발굽 다듬기가 그렇다. 요령을 깨우치기만 하면 쉬운데 요령을 모르면 뭘 어떻게 해야 할지 막막하다.

양의 발굽 바깥쪽을 잘라 내는 일 자체는 어렵지 않다. 오히려 요령을 말로 설명하기가 어렵다. 그런데 요령을 깨우치려면 일단 발굽을 손으로 붙잡는 일에서 시작해야 한다. 이처럼 무수히 많은 발굽 다듬기 책, 사이트, 논문 등은 어쩌면 접촉 부재 시대의 보상 심리가 아닐까.

발굽 다듬기의 요령 중 하나는 시행착오다. 나만 해도 양쪽 도랑에 모두 빠져 본 뒤에야 발굽 다듬기라는 좁은 둑길을 걸어갈 수 있게 되었다. 첫 여름에는 발굽 다듬기를 아예 안 했는데, 그랬더니 얼마 안 가 양 두 마리가 다리를 절었다. 발굽이 심하게 웃자라 있었다. 나는 그렇게 불편을 확인한 덕분에 발굽을 다듬어야 하는 이유를 정확히 알게 되었다. 반대 극단으로 치우쳤던 적도 있다. 발톱과 함께 발바닥 살을 절반이나 잘라 내는 실수를 저지른 것이다. 발바닥 살을 잃은 양은 다리를 절며 피를 흘렸지만 시간이 지나면서 점점 괜찮아졌다. 그 후로 나는 어디까지가 발굽이고 어디까지가 발바닥인지 정확히 알게 되었다.

___ 4월 10일

엄마 두 마리가 계속 새끼를 밀쳐 내며 젖을 못 먹게 하고 있다(우리 목장에서는 출산한 양을 엄마라고 부른다). 우리는 이런 엄마들을 하루에도 몇 번씩 붙들고 있어야 한다. 처음에는 그런 엄마들에게 화가 치밀었지만 나중에는 엄마도 그저 양이라는 사실을 받아들이기로 했다. 양에게 인간의 모습을 투영할 순 없다. 양과 인간은 전혀 다른 동물이다.

___ 4월 12일

방목장에서 출산을 지켜보고 있다. 어미 양이 지금 막 새끼 두 마리를 낳았다.

우리 목장은 방목장 출산을 선택했다. 어미 양이 새끼 낳을 곳을 고를 수 있도록 한 것이다. 건초가 깔린 축사에서 출산하는 목장도 있지만, 그러면 충분한 공간을 확보할 수 없고 비위생적이다. 방목장에서는 어미 양이 혼자 알아서 새끼를 낳는데, 개중에는 새끼 양이 죽는 경우도 있다. 자연의 섭리다. 하지만 지금껏 우리 목장에서 출산 때 문제가 생긴 적은 없다.

지금 막 새끼 두 마리를 낳은 어미 양이 한 마리만 열심히 핥아 주고 있다(우리 목장에 있는 양들은 보통 새끼를 두 마리씩 낳는다). 지금이 결정적인 순간이구나, 어미 양이 두 마리 중 한 마리를 선택한다는 게 이런 거구나, 하는 생각이 든다.

외면당한 새끼 양을 깨끗한 건초가 깔린 축사 칸막이 안에 넣어 주는 것도 중요한 일이다. 그래야 새끼 양이 어미 양을 따라다니느라 고생하지 않는다. 하지만 새끼 양을 너무 빨리 축사로 데려가는 것도 좋지 않다. 자칫하면 새끼 양이 어미 양에게 완전히 버림받을 수 있기 때문이다. 보살펴 주어야 하지만 끼어들어선 안 된다.

___ 4월 15일

새끼 양이 태어나면 애들이 난리법석을 피운다. 양들이 겨울에 뭘 먹고 어떻게 사는지 아무 관심도 없던 애들이 그때부터 양들에게 엄청난 관심을 보인다. 가장 야윈 새끼 양에게 누가 젖병을 물릴 것인가, 이름을 무엇으로 지을 것인가를 놓고 활발한 토론이 벌어진다. 하지만 새끼 양의 이름은 얼마 안 가 사라진다. 새끼 양으로 사는 시절도 늦여름이면 끝이다. 새끼 양이 그냥 양이 되는 것이다. 그때쯤이면 수컷은 도축당하고, 암컷 몇 마리는 살아남아 양떼 증식의 임무를 맡는다. 그때가 되면 애들은 양의 이름 같은 것은 까맣게 잊는다. 아니, 양 자체를 까맣게 잊는다. 세상이 그렇게 생겨 먹었다.

4월 17일

새끼 양 두 마리가 어미 품으로 파고드는데, 어미 양은 한 마리를 계속 밀어냈다. 우리는 밀려난 양에게 어미 양의 사랑을 되찾아 주기 위해 약간 이상한 방법을 써 보았다. 어미 양이 사랑하는 새끼 양을 떼어 놓는 방법이었다. 사랑하던 양이 없어지면 다른 양을 사랑해 주지 않을까 하는 생각에서였다.

이젠 원래 사랑받던 첫째 양이 불쌍한 신세가 되었다.

내가 첫째 양을 집에 데려갔더니 딸애가 기저귀를 채워 침대에 눕혔다. 보기에는 꽤 귀여웠지만 정작 새끼 양에게는 악몽일 것 같았다. 나는 겨우 한 시간 만에 새끼 양을 원래 있던 곳에 데려다 놓았다.

— 5월 7일

출산은 순탄치 못했다. 태어나는 새끼 양은 거의 세 마리에 한 마리꼴로 너무 작고 약했다. 죽기도 했다. 끔찍한 시간이었다. 바이러스 때문이었을 가능성이 있다. 양들이 상한 사일리지를 먹었을 가능성이다. 미네랄이 부족했을 가능성도 있다. 끔찍한 가능성이다. 만약 정말 미네랄이 부족했다면 운이 나빴던 것도 아니고, 자연의 섭리도 아니다. 순전히 내 잘못이다.

약 한 달 전부터 시작된 출산기가 이제 거의 끝나 가면서 나도 스트레스성 우울증 비슷한 증상에서 슬슬 벗어나고 있다. 새끼 양들이 죽어 나가는 것도 힘든 일이었지만(그리고 마음 아픈 일이었지만), 너무 바쁜 것도 스트레스였다. 약한 새끼들에게는 젖병을 물려 줘야 하는데 그런 녀석이 너무 많았고, 엄마들에게도 해 줘야 할 일이 산더미였다.

5월 16일

한동안 따뜻하던 날씨가 며칠째 춥다. 오늘 밤에는 기온이 2, 3도까지 떨어지고 비가 내렸다.

내가 방목장에 나갔을 때는 이미 밤이 깊은 시각이었다. 아직 젖병을 물려 주어야 하는 새끼 양이 한 마리 남아 있었다. 나는 전등이 달린 헬멧을 쓰고 떼 지어 서 있는 양들 사이를 급히 왔다 갔다 했다. 양들은 나를 믿어서인지 그냥 서서 멀뚱히 쳐다볼 뿐이었다. 그런데 그 작은 녀석이 보이지 않았다. 귀에 달린 번호표까지 확인했는데, 엄마만 있고 그 작은 녀석은 없었다. 아무리 찾아도 그 작고 하얀 녀석이 없었다. 걱정스러웠다. 내가 흥얼거리던 사랑이 어쩌고 하는 유치한 팝송 가사가 어느새 새끼 양과 나의 이야기로 바뀌어 있었다.

"어디 있니. 나는 네가 필요한데. 네가 이렇게 그리울 줄 몰랐는데. 시간을 되돌릴 순 없나. 시간의 강물을 막아 줘.

너의 눈을 마주 보게 해 줘. 시간의 강물을 막아 줘. 잠시라도 너와 함께 있게 해 줘."[○]

새끼 양이 목덜미에서 피를 흘리며 눈앞에 쓰러져 있었다. 시체를 쪼아 먹는 새가 방금 다녀간 모양이었다.

○ 제임스 베이의 「홀드 백 더 리버(Hold Back the River)」.

또 여름

"양치기는 혼자 있어도
혼자 있는 게 아니다."

___ 6월 1일

양을 정의하는 것은 집단이다. 한 양의 개체적 속성을 결정하는 것은 그 양이 집단에서 수행하는 역할이다. 예컨대 양 떼 중에 울타리 구멍을 찾아내는 양은 거의 정해져 있다. 위험이 닥칠 때 어떤 양은 자기 자신과 무리 전체를 지키는 일에 적극적이고, 어떤 양은 가장 안전한 중심지에서 다른 양들의 보호를 받는다.

양 떼는 풀을 찾을 때도 역할을 나누어 일부를 전위부대로 삼는 것 같다.

집단이 하나의 생명체이고 개체들은 그 생명체의 구성요소일 뿐이라고 볼 수는 없을까. 양이 사람을 그런 눈으로 본다면 어떨까.

6월 14일

내가 만나는 사람들을 보면, 만나고 싶지 않은 사람도 있고 만날 필요가 없는 사람도 있다. 그런 사람들을 만나느라 바쁠 때도 있다. 그러니 양들과 함께 있는 시간, 그중에서도 특히 나 혼자 양들과 함께 있는 시간은 내게 평화와 성찰과 존엄의 오아시스 같다. 탈출한 양들을 하나하나 울타리 안으로 몰아넣어야 할 때도, 자꾸 움직이는 덩치 큰 숫양의 털을 깎느라 진땀을 흘려야 할 때도, 살아 있는 모든 것을 감싸 주는 고요함은 깨지지 않는다. 왜일까. 살아 움직이는 존재, 누가 뭐라든 생의 활력을 잃지 않는 존재와 맞닿아 있는 시간이라서가 아닐까. 풀의 생장, 건기, 우기, 더위, 추위, 먹이, 똥오줌과 함께 까마득한 옛날부터 전해 내려오는 것이 양의 습성이다. 내가 양의 습성에 대해 어떤 판단을 내리든 그들의 습성은 바뀌지 않는다. 양치기는 혼자 있지만 이 모든 것이 양치기와 함께한다.

___ 7월 4일

한때는 우리 목장에서도 페이스북 페이지를 운영했다. 목장을 소개하고 우리가 하는 일을 사람들에게 알리기 위해서였다.

"채소를 키워 먹습니다."

"장작을 연료로 씁니다."

"동물들과 함께 살고 있습니다."

"지속 가능한 라이프 스타일을 모색하고 있습니다. 거창한 명분이 있는 것은 아닙니다. 우리가 무슨 대단한 일을 하고 있다고 생각하지도 않습니다." (겸손이 미덕이니까.)

나도 짧은 글을 하나 올린 적이 있다. 목축인을 대변하는 글, 아니 어쩌면 양이라는 존재 자체를 대변하는 글이었다.

"양들은 방목장의 풀을 모두 먹지 않습니다. 어떤 풀은 먹지만 어떤 풀은 먹지 않고 남겨 둡니다. 무턱대고 다 먹어 없애지 않습니다. 그렇게 해서 풀이 다시 자라는 데 도움을 줍니다. 장기적으로 보면(여러 해가 걸릴 수도 있지만) 초지 상태가 나아지고, 그러면서 양들의 상태도 나아집니다. 양들의 자제 덕분입니다. 아무 생각 없이 단기적 욕구를 채우기만 하는 종은 멸종할 수밖에 없습니다."

글과 함께 오일샌드 추출로 캐나다의 자연경관이 어떻게 변했는지를 보여 주는 사진을 올렸다. 푸른 숲과 호수와 들판이 시커먼 자갈밭으로 변한 사진이었다. 글에 어울리는 사진이고 어쩌면 보는 사람에게 충격을 안겨 줄 수 있는 사진이라는 게 내 생각이었다. 하지만 '좋아요'를 누르는 사람은 가끔가다 한 명뿐이었고, 댓글을 다는 사람은 아예 한 명도 없었다.

SNS를 하면 사람들의 관심과 성원을 느낄 수 있다고들 하지만 나에게나 양에게는 해당되지 않는 이야기다. 아침

안개 자욱한 푸른 언덕 위에 누워서 사는 게 별건가, 세상 뭐 있나 하는 표정으로 풀때기를 질겅질겅 씹는 장면을 올려야 좋아요를 좀 받을 수 있다. 좋아요를 받으려면 소셜미디어에 적응해야 하는지도 모르겠다. 사랑받으려면 적응해야 한다는 이야기?

___ 8월 8일

다리를 저는 암양이 있다. 발가락 사이에 돌이 낀 것뿐일 수도 있다. 붙잡아서 살펴본다. 겉보기에는 이상이 없다. 돌도 없고 상처도 없다.

수의사에게 전화를 걸면 언제나 똑같은 대답이 돌아온다. "좀 더 지켜보시든지 아니면 그만 처치하시든지."

"그게 아니라 한 발에 문제가 있으면 걸을 때 힘들까 봐 서요."

수의사가 대꾸한다. "괜찮아요. 네발짐승이니까."

__ 8월 20일

양 냄새는 어떤 냄새냐고 누가 물어 왔다. 사실 잘 모르겠다. 생각해 본 적이 없다. 보는 사람에 따라, 아니 맡는 사람에 따라 다르지 않을까?

어미 양의 젖꼭지 옆에는 젖샘이 있는데 꼭 곪아 터진 상처처럼 생겨서 냄새를 맡고 싶다는 생각이 안 든다. 젖샘이 갓 태어난 새끼를 인도하는 이유는 분명 모양이 아니라 냄새 때문이다.

양털을 깎고 집에 들어온 날은 식구들에게 양 냄새가 난다는 소리를 듣는다. 양 냄새는 오래 입은 스웨터 냄새와 비슷한 것 같다. 아직 참을 만해, 그래도 빨아 입는 게 좋겠어, 할 정도의 냄새.

또 가을

●

"눈부신 장면도 없고
신바람 나는 순간도 없다."

___ 9월 1일

양 떼를 몰고 가는 중이다. 녀석들이 내 앞에서 총총 걸어가고 있다. 다리를 저는 양이 하나 있었는데 어떻게 됐더라? 이제 양 이름도 기억이 안 난다. 속도를 좀 높여 본다. 다들 괜찮은지 체크하는 방법이다. 아픈 양은 뒤처지기 마련이다. 완벽하지는 않지만 그런대로 좋은 방법이다.

___ 10월 17일

도축장 앞 울타리에 문을 달다가 일이 꼬였다. 울타리가 부서지고 볼트 건이 망가졌다. 볼트 건을 새로 사야겠다. 볼트 건이 망가져서 일을 못 했다는 핑계는 대지 않을 생각이다.

___ 10월 19일

도축이라는 게 말로는 설명이 안 된다. 너무 끔찍한 장면이라서일 수도 있고, 삶과 죽음의 경계를 인식한다는 게 원래 불가능한 일이라서일 수도 있다. 살아 있거나 죽어 있거나 둘 중 하나다. 삶과 죽음 사이에는 아무것도 없다. 무(無). 보이드. 안티매터.

스톡홀름에 자리한 유원지 그뢰나룬드°에는 프리트팔°°이라는 놀이기구가 있다. 온몸이 싫다고 비명을 지르고 모든 반사 신경이 거부반응을 일으키지만, 일단 올라탄 이상 중간에서 내릴 수 없다. 그리고 무사히 목적지에 도착한다.

다만 도축에는 짜릿함도 없고 끝났다는 안도감도 없

° 유원지 이름으로 '푸른 초원'이라는 의미를 담고 있다.

°° 자이로드롭과 비슷한 형태의 놀이기구. 프리트팔은 '자유의지로 타락'이라는 뜻이다.

다. 감정이라면, 다 이루었다는 처참한 감정이 있을 뿐이다. 양치기의 한 해는 도축이 끝나야 비로소 끝이 난다. 양치기의 삶은 도축이 끝나야 비로소 한 편의 대서사시로 완성된다.

___ **10월 21일**

어제는 방목장에서 도축장으로 이어지는 울타리를 수리했다. 실제론 한 시간 반 정도 걸렸지만 하루 종일 수리한 느낌이었다.

___ 10월 22일

볼트 건을 구했다. 목장에 살다가 우리가 이사 오면서 거처를 옮긴 노인이 볼트 건을 주었다.

"가져가든지. 나는 사용할 일 없으니까."

내가 몇 구경이냐고 물었다.

"아니, 못 죽여. 토끼는 못 죽여."○

보청기 배터리가 또 다 된 모양이었다.

○ 스웨덴어로 구경(kaliber)과 토끼(kaniner)는 발음이 비슷하다.

__ 10월 24일

도축한 다음 날의 단상.

모든 일을 우리 손으로 처리한 것은 올해가 처음이다.

한 해 전에 불러왔던 전문가는 육류 생산 회사에서 15년간 일한 경험이 있는 착한 친구인데, 요새 이 친구의 전문 분야는 정신 건강 관리인 것 같다. 이 친구가 있을 때는 자리를 뜰 수도 있었고 우리 일이 아닌 척할 수도 있었다.

이번에는 우리가 다 걸머져야 했다. 피는 계속 쏟아지고 양은 계속 죽는데 감각은 쉽게 무뎌지지 않는다. 죽은 양 열두 마리는 죽은 양 열두 마리다. 볼트 건 열두 발은 머리통 열두 개를 박살 낸다. 에누리가 없다.

도축하기 전에 독한 술을 마시는 것이 오랜 전통이다. 즐거워서 마시는 게 아니라는 걸 이제 알겠다.

___ 10월 30일

가죽을 확인하고 있다. 도축 직후 소금에 절인 가죽이다. 일주일 정도 절인 후 소금이 더 필요한지 확인해야 한다. 지방이 산패하는 걸 막기 위해서다.

도축 전문가는 가죽을 정말 능숙하게 벗긴다. 가죽 벗기기는 특히 까다로운 작업이다. 자칫 실수하면 구멍이 생긴다. 우리가 제대로 한 건지 사실은 잘 모르겠다. 가죽이 공장에 도착하면 확실해지겠지.

___ 11월 18일

어쩔 수 없이 내가 지금 하고 있는 일에 관해 생각한다. 이렇게 생각했다가 저렇게 생각했다가 한다. 이런 게 되새김질이라고 할 수도 있겠다. 이렇게 하루하루 양 치는 이야기를 끄적거리는 것도 어쩌면 되새김질이다. 어떻게 써야 할까? 내가 지금 하고 있는 일을 보면, 큰 변화도 없고 별 재미도 없다. 눈부신 장면도 없고 신바람 나는 순간도 없다. 그럼 글도 재미없게 써야 할까?

___ 11월 22일

양 체크 완료.

습도 높음.

기온 낮음.

바람 강함.

___ 11월 22일(저녁)

급수대 수리.

기온 낮음.

습도는……, 높음.

___ **11월 23일**

사일리지를 골고루 펼쳤다.

축축해서 더 무겁다.

___ **11월 24일**

양 체크 완료.

이상 없음.

___ **11월 25일**

사일리지 펼침.

축축.

___ 11월 26일

체크.

이상 없음.

___ 11월 27일

264번이 다리를 저는 듯.

___ 11월 28일

안 저는 듯.

___ 11월 29일

저는 듯.

또 겨울

●

"평범한 생활이 그렇게 엄청난 매력을
발휘한다는 사실에 화가 났다."

___ 1월 5일

내가 쓴 일기를 읽어 보고 있다.

지금 내 생활은 처음 목장에 왔을 때 예상했던 미래와는 전혀 딴판이다. 양과의 관계가 이렇게 굳건해지다니, 전혀 생각지 못했던 일이다. 방목장, 변덕스런 날씨, 변화하는 계절, 풀, 나무, 덤불숲, 축사, 울타리, 판자, 못 같은 것들과의 관계까지 이렇게 굳건해지다니.

목장 생활을 처음 시작했을 때 우리에게는 이상이 있었다. 공동체라는 이상, 자급자족이라는 이상, 지속 가능한 라이프 스타일이라는 이상. 그런데 현실은 이상과 달랐다. 특히 공동체의 이상과는 너무나 달랐다. (언제나 부정적인 견해가 나중에 진실로 밝혀진다는 사실을 기억하자.)

나 혼자 양을 돌본 시기가 여러 번 있었다. 처음에는 오기로 해 놓고 안 온 사람들에게 화가 났다. 정확히 말하면 그 사람들에게 화가 났다기보다 평범한 생활이 그렇게 엄청난 매력을 발휘한다는 사실에 화가 났다. 일할 때 일하고 쉴 때 쉬면서 남들처럼 사는 생활이 양을 돌보는 생활보다 훨씬 쉬웠던 것이다.

양을 돌보는 일이 우리 삶에 꼭 필요하면 참 좋을 텐데 실은 그렇지 않다는 것도 내가 알게 된 사실 중 하나다. 작은 목축인(즉 적자 목축인)으로 사는 일을 응원해야 할 뚜렷한 이유는 하나도 없는데 양을 키우는 덴 꽤 많은 노동력이 들어간다. 예전에 고모가 나에게 이런 말을 했다. "동물은 사람에게 동물을 돌보고 싶은 마음이 들 때까지 기다려주지 않는단다."

그렇게 시간이 흐른 뒤에야 비로소 나는 남들을 응원하고 싶은 마음을 버리는 법을 배웠고, 남들이 하는 일이나 남들이 하고 싶어 하는 일에 신경 쓰지 않는 법을 배웠다. 내가 하는 일은 양을 돌보는 것이고, 나는 내 일에 만족하고 있다.

양들과 함께 어려움을 극복해 왔다는 사실은 나와 양 사이에 유대를 만들어 냈다. 물론 내가 양 한 마리 한 마리에게 유대를 느끼는 건 아니다(양 한 마리 한 마리는 조만간 도축된다). 내가 유대를 느끼는 대상은 양 전체 그리고 양이라는 존재의 본능적 욕구다.

나는 이제 남들에게 화를 내지 않는다.

__ 2월 15일

다시 책을 읽기 시작했다. 왜인지는 모르겠다. 이제 양들이 좀처럼 탈출하지 않는다는 것이 한 가지 이유일 것이다. 전기 울타리가 효과가 있는 건 확실하다. 겨울 일과가 순조롭다는 것도 다시 책을 읽게 된 이유일 수 있다. 이제 파이프가 동파하는 일은 거의 없다. 날이면 날마다 파이프를 손봐야 했던 때도 있었지만(파이프 안에 열선이 있다), 이제는 당분간 손볼 필요가 없을 것 같다. 어쩌면 앞으로 영원히 손볼 필요가 없어져 버린 게 아닐까. 가로대마저 흔들리지 않게 되어 버렸다. 그래서 불만이라는 게 아니라 그러다 보니 이렇게 집에 들어앉아 책장이나 쳐다보고 있다는 얘기다.

목장으로 이사 와서 처음 한두 해는 책을 등한시했다. 책은 그저 벽을 장식하는 가구였다. 그런데 이렇게 대번에 옛날 습관으로 돌아가고 있다.

롤랑 바르트°를 읽고 있는데 이런 말이 나온다. “나의 메시지를 정확하게 전하려면(다시 말해 내 메시지의 의미를 정확하게 표현하려면), 다른 말로 바꾸는 것만으로는 부족하다. 독창적인 말, 아무도 쓴 적 없는 말로 바꾸어야 한다."

어떤 일을 할 때 그 일 자체를 진짜로 하려면 그것을 습관으로 만들어선 안 된다. 그 일을 통해 경험을 얻었거나 인식을 얻었다면 그 일 자체를 진짜로 한 것이 아니다.

바르트는 문학에 대해 말하고 있다. 나는 모든 일에 적용할 수 있는 말이라고 생각한다.

어떤 일을 너무 잘하게 되면 그 일이 재미없어진다.

똑같은 농담을 두 번 연속으로 하기는 어렵다.

양들이 계속 신비로움을 간직해 주기를.

언젠가 양들이 전기의 허점을 찾아내는 날이 오기를.

○ 1915-1980. 프랑스의 문필가. 인용문 출처는 『비평 선집(Essais critiques)』(1964).

또 봄

"아무 생각 없이 할 수 있게 되기까지
몇 년이 걸린다."

___ 3월 10일

양을 치며 살다 보면 작은 신호에 점점 민감해진다.

양들의 먹이가 겨울 사료에서 방목장의 풀로 바뀌는 초봄에는 방목장의 풀로 충분한지 아니면 사일리지가 하나 더 필요한지 감지하는 것이 중요하다. 감이 생기면 아무 생각 없이 할 수 있는 일이지만 그 감이 생기기까지 몇 년이 걸린다. 내가 방목장에 들어갔을 때 양들이 "매애-" 우는 소리를 높이거나 자꾸 내 쪽으로 다가온다면 그것은 배가 고프다는 신호다. 자꾸 옆 방목장 문 쪽으로 가는 것도 그렇다. 내가 이제 양들의 신호를 읽을 수 있게 되었다는 말도 맞지만, 양들이 나에게 신호를 보낼 줄 알게 되었다는 말도 맞다. 양들과 내가 이런 사이다.

___ 4월 3일

풀과 건초와 사일리지는 그저 양이 먹는 먹이가 아니라 양이 살아가는 세상이다. 마른 풀이 양의 털에 걸리기도 하고, 젖은 풀이 양의 무릎에 붙기도 한다. 먼 곳에서 바라보면, 양이 두 귀와 두 눈 그리고 털 전체로 식물섬유를 받아들이는 것 같다.

4월 12일

스웨덴 농민 단체에서 만든 광고가 TV에 나오고 있었다. 땅바닥에 주저앉은 한 남자가 떠오르는 태양 아래에서 자기 밭을 바라보고 있는 광고였다. 그렇게 광활하고 평탄하고 비옥한 밭을 바라보던 남자는 마치 대형 버스 승객 같은 모습으로 자기 트랙터에 올라탔고, "땅에 의지하는 농부는 땅을 사랑한다"는 말이 내레이션으로 흘러나왔다.

이렇게까지 터무니없는 세상을 상상해 내기도 어려울 것 같다. 대규모 농업은 사실상 무수한 동식물을 겨냥하는 멸종 캠페인이라는 것, 대규모 농업은 토질을 점차 악화시킨다는 것(장기적으로 화학비료 없이는 그 어떤 식물도 자랄 수 없으리라는 것), 대규모 농업은 에너지를 어마어마하게 잡아먹는다는 것은 생태계의 작동 방식을 조금이라도 아는 사람에게는 너무나 자명한 사실이다. 스웨덴 농민들은 근면하고 유능하지만 자연을 사랑하지는 않는다.

그런데 우리 목장은 바로 그런 대형 트랙터를 가진 농민들에게 의지할 수밖에 없다. 우리 목장의 양들도 마찬가지다. 양이 먹을 겨울용 사료를 옮길 때 트랙터를 쓰지 말고 손으로 옮기면 어떨까. 말에 실어 올 수도 있겠지. 그럼 말이 먹을 겨울용 사료도 필요하겠구나.

4월 21일

나는 우리 목장이 한 해 한 해 점점 더 전문화하고 있다고 생각하고 싶다(여기서 전문화의 의의를 논하겠다는 건 아니지만). 얼마 전부터 양치기 개를 적게는 한 마리, 많게는 두 마리까지 쓰게 되었다는 것도 전문화의 증거 중 하나다. 전에는 수시로 난항에 빠지곤 했지만 지금은 꽤 수월해진 작업 중 하나가 바로 방목장의 양을 두 무리로 나눠 한 무리를 다른 방목장으로 데려가는 작업이다.

그런데 그 작업이 오늘 다시 엉망진창이 됐다. 어미 양들과 새끼 양들을 새로 만든 방목장으로 옮길 때였다.

새끼 양을 돌보는 어미 양의 내면은 여느 양들과는 완전히 다르다. 어미 양은 탈출 본능도 없고, 무리 짓는 본능도 없다. 그저 새끼 양에게만 집중한다.

어미 양들은 개 앞에서도 전혀 움직이지 않았다. 개한테 덤비는 어미 양까지 있었다. 우리는 일단 개를 트레일

러로 돌려보냈다.

다음에는 알갱이 사료로 양들을 유인해 보았다. 이 방법도 통하지 않았다.

나중에는 양들을 뒤에서 한 마리 한 마리 어깨로 떠밀어야 했다.

___ 4월 22일

여우가 새끼 양 한 마리를 잡아간 것 같다.

방목장을 목장에서 좀 떨어진 숲 근처로 옮긴 게 바로 어제였다.

엄마에게 버림받은 새끼 양이 있어서 아침에 젖병을 가지고 갔는데 녀석이 보이지 않았다. 아무리 찾아도 없었다.

이웃에 사는 사냥광에게 여우가 새끼 양을 잡아갔다는 이야기를 꺼냈다가 봄에는 여우 한 마리가 새끼 양을 열에서 열다섯 마리 정도 잡아간다는 이야기, 영국에서는 여우가 큰 골칫거리라는 이야기, 여우는 철저하게 색출해야 한다는 이야기, 테리어[○]를 키우는 친구에게 부탁하면 무리를 '섬멸'할 수 있다는 이야기까지 들었다.

이웃과는 그쯤에서 이야기를 끝냈지만 그 후에 이판사

○ 영국 사냥개의 한 품종.

판이라는 마음으로 혼자 총을 들고 숲에 가서 매복했다. 여우에게 총을 쏴 본 적은 없다. 매복 중에 정말 여우가 한 번 나타났는데 머뭇거리다가 결국 못 쏘았다. 나는 사냥에 재능이 없다.

그렇게 한 시간 동안 엎드려서 숲속을 쳐다보다가 칠흑 같은 어둠이 깔린 뒤에야 방목장으로 향했다.

방목장은 이미 전투태세였다. 어미 양 열여덟 마리가 새끼 양 서른일곱 마리를 에워싸는 대형으로 25제곱미터 공간에 한 덩어리처럼 모여 있었다. 앞으로는 안전할 것 같다.

___ 4월 30일

양들과 일상적으로 접촉하는 일을 빼앗겼다. 목장에 양과 접촉하는 일을 선호하는 신참들이 들어왔기 때문이다. 양을 둘러보고, 새끼 양을 세고, 얼마나 컸는지 무슨 풀을 먹는지 어떤 돌을 밟는지 확인하고, 양 떼의 분위기를 파악하는 일을 지난 며칠 동안 다른 사람이 하고 있다. 왠지 허전하다.

동물을 책임지고 돌보는 일은 좀 힘들 거라고 생각하기 쉽다. 동물을 매일 들여다보아야 한다는 의무감이 무겁고 부담스러울 거라고 생각하기 쉽다. 동물을 키우는 사람은 아주 자유롭진 못할 거라고 생각하기 쉽다. 하지만 실상은 완전히 반대다.

나는 지금 멍하니 부엌에 앉아 있다. 이건 자유로운 게 아니다.

___ 5월 2일

내가 그렇게 허영심이 강한 편은 아니지만 양털을 깎을 때는 누가 좀 봐 주었으면 싶었다. 양털을 깎는 시기가 오면 말도 많고 사람도 많다. 양모 중개인이 찾아오기도 하고, 이웃 사람이 들르기도 하고, 아이들이 '도우미'를 자청하기도 한다. 작은 축제라도 벌어진 듯하다. 물론 내가 그렇게까지 양털을 잘 깎는 건 아니다.

오늘은 목장에 아무도 없을 때 나 혼자 축사에 가서 양털을 깎다가 불현듯 양털을 깎는다는 것의 진정한 의미를 깨달았다. 말로 설명할 수 없는 아니, 말이 필요 없는 깨달음이었다. 양털은 미끌미끌하고 꺼끌꺼끌했다.

___ 5월 3일

다들 느끼고 있다. 우리가 사는 세상은 지속 불가능하다. 이 세상에 지속 가능한 것은 아무것도 없다. 이 세상이 지속 가능했던 적도 없다. 그런데 다들 별일 아닌 척한다. 좋은 생각이 있는 척, 바꿀 수 있는 척한다. 왜들 그러는지 잘 모르겠다.

내가 임업에 약간 관심을 갖게 된 이유는 유산으로 물려받은 숲이 조금 있기 때문이다. 모든 일에는 이유가 있다.

모두베기는 인류의 멸종을 초래할 수 있는 위험 요인 중 하나다. 그물이 낡으면 한 가닥 한 가닥 닳다가 어느 날 갑자기 찢어지겠지만 정말 찢어지기 전까지는 닳는 줄 잘 모른다. 모두베기 위주의 임업은 조만간 생태계를 완전히 파괴할 것이다.

삼림부(Skogsstyrelsen)가 비벌목 임업을 위한 재원을 마련했다고 하니 다행이다. 삼림부 사람들과 이야기해 보면 지금 비벌목 논의가 뜨거운가 보다, 비벌목이 한창인가 보다, 비벌목이 많은 사람의 관심사가 됐나 보다, 하는 느낌이 든다. 내가 비벌목 예정지 면적이 얼마나 되는지 물어봤다. 대답을 듣고 계산해 보니 아무리 넓게 잡아도 벌목 가능 면적의 1,000분의 1에 불과하다.

___ 5월 9일

인클로저○로 새 방목장을 확보했다. 정확히 말하면 옛날부터 젖소 방목장이었던 곳의 가시 울타리를 전기 울타리로 교체한 뒤 양들을 합류시켰다. 젖소 주인들은 초지와 축사의 임대료를 내야 하는 진짜 목축업자들이다. 따라서 그들은 우리의 방목장 운영 방식을 크게 환영한다. 목장을 시작할 당시에는 저항이 좀 있으리라고 예상했다. 하지만 우리가 영원히 대세가 될 수 없다는 걸 진짜 목축업자들은 모두 알고 있었다.

○ 공유지에 울타리를 쳐서 사유지로 만드는 일.

5월 11일

태어날 때부터 목축민이었던 건 아니지만 살다 보니 목축민이 되어 간다. 축산학자 또는 낙농품 생산자 또는 목장 경영자로 발전해 간다는 얘기가 아니라 다른 사람들과 어울릴 줄 모르는 편협하고 괴팍한 아저씨가 되어 간다는 얘기다. 양이 있으면 됐지 뭐가 더 필요하겠는가. 세상에서 무슨 일이 벌어지든 내 알 바 아니라고 말하고 싶은데, 세상에서 무슨 일이 벌어지긴 벌어지나?

___ 5월 13일

목장에 다른 동물들이 들어오고 있다. 장난을 좋아하고 사교적이면서 단순한 돼지는 시큼하게 상한 젖을 제일 좋아한다는 것만 빼면 인간과 꽤 비슷한 동물이다. 힘세고 의리 있고 요긴한 말은 잠재적 색광이라는 것만 빼면 인간과 비슷한 데가 전혀 없는 동물이다.

그래도 나에게 제일 특별한 동물은 아직 양이다. 나는 차분하고 겸손하고 금욕적인 양이 좋다.

하루를 마무리하는 마지막 일과는 방목장을 둘러보는 것이다. 울타리 전선이 늘어진 곳이 없나 확인해야 하는 날인데 이렇게 그냥 양들 사이에서 시간을 보내고 있다.

집으로 가는 길이 어두컴컴하고, 발길이 안 떨어진다. 방목장에서 양들과 함께 밤을 보내고 싶은 기분이다.

5월 16일

이제 녀석들은 자기들끼리 잘 지낸다. 울타리가 무너진다면 모르지만 그게 아니라면 이제 내가 녀석들에게 내 노동 시간을 쏟아부을 필요가 없다. 얼마 전만 해도 봄과 여름은 녀석들에게나 나에게나 울타리 구멍을 찾아다니는 계절이었다. 가을도 한참은 그런 계절이었다. 한데 이제 울타리 문제가 해결된 것이다.

녀석들이 전기 울타리에 깊은 존경을 표하는 이유는 전기에 관해 잘 모르기 때문이겠지만 전기에 관해 잘 모르기는 다들 마찬가지 아닐까.

5월 23일

새끼 양을 매일 세고 싶은데 그게 그리 호락호락하지 않다. 세기 좋게 모여 있지 않은 데다 내가 다가가면 멀리 내빼기도 하고 더 다가오기도 하면서 자꾸 움직인다.

몇 년 전에 TV에서 양치기가 양을 세는 장면을 보았다. 오스트레일리아에서 수천 마리에 달하는 양을 일사분란하게 세는 광경이었다. TV로 볼 때는 몰랐지만 이제 와 생각하니 그런 장면이었다. 양치기가 어마어마한 양 떼를 울타리 문으로 몰았고, 그렇게 떠밀린 양들은 두 마리씩 문을 통과했다. 양치기가 양의 마릿수를 세기에 딱 적당한 속도로 양들이 문을 통과했던 것이다.

바로 얼마 전에 TV에서 본 것과 똑같은 상황이 저절로 연출됐다. 울타리 문이 열려 있으면 양들은 어김없이 새 방목장으로 달려간다. 문의 개폐 각을 정확하게 조정하면 달려 나오는 양의 마릿수를 셀 수 있겠다고 생각한 건 울타리 문을 막 열었을 때였다. 그렇게 센 양이 서른일곱 마리였다!

그리고 또 여름

"단순한 세계가 오히려
다채롭고 다사다난하다."

___ 6월 5일

내가 하는 말이 조금 뻔하다는 것은 나도 알고 있다. 어쩌면 틀린 말일지도 모른다. 하지만 할 수 있는 게 이런 말뿐이다.

어쩌면 나는 양들과의 관계 속에 내 과거를 투영하고 있는지 모른다. 어쩌면 나는 지금 양의 텅 빈 눈 속에서 내 어린 시절을 찾고 있는지 모른다. 어쩌면 나는 이렇게 문명과 자연 사이의 어딘가에 머물고 싶은 것뿐인지도 모른다.

나는 이곳에서 어린 시절을 보냈다. 아버지는 여기서 농사를 지었다. 어렸을 때 내 발바닥을 아프게 찌르던 쐐기풀은 지금 이곳에서 자라고 있는 쐐기풀의 조상이다. 어쩌면 내 발바닥에는 그때의 경험이 아직 남아 있는지 모른다.

아이였을 때 나는 내가 세상과 이어져 있음을 느꼈다. 그게 어떤 느낌인지 말로 설명할 수는 없지만 세상과 이어져 있는 사람에게는 그 느낌이 너무나도 생생하다.

시간은 흘렀고, 나는 점점 그 느낌과 상반된 것들을 배워 나갔다.

'세계는 논리적으로 정합하다.'

'세계를 알려면 세계의 과학적 실체를 공부해야 한다.'

'과학적 실체가 아닌 것은 중요한 고려 대상이 아니다.'

내 인생행로의 전반기는 근대 산업화의 역사처럼 흘러갔다. 이성을 신봉하고 진보를 낙관하면서 도시화하는 시기였다.

이제 나는 양들과 함께 다시 맨발의 아이가 되어 단순한 세계로 돌아왔다. 단순한 세계가 오히려 다채롭고 다사다난하다.

6월 11일

헬렌 맥도널드[○]의 『메이블 이야기』를 읽고 있다. 참매를 길들이면서 아버지의 죽음을 받아들이는 이야기다. 비전임 연구원이라는 자아 이미지를 받아들이는 이야기로도 읽힌다.

처음에는 참매를 길들여 사냥에 쓴다는 말이 잘 이해가 안 갔다. 육식조(肉食鳥)가 맹수의 본능을 고스란히 간직한 채 주인을 섬긴다는 말이 좀처럼 믿기지 않았다고 할까. 가축이 생겨난 역사가 원래 그렇다는 사실은 알고 있었지만 목장에서 양들과 함께 지내다 보니 맹수를 길들인다는 이야기가 너무 허무맹랑하게 들렸던 것이다.

이 책에는 참매를 잡으러 숲에 들어가는 장면이 나오는

○ 1970년생. 영국의 동식물 연구자. 대표작 『메이블 이야기』로 여러 권위 있는 논픽션 상을 수상했다.

데 여기서 글쓴이는 자신이 차에서 내리는 모습을 은신처에 숨어 있던 사슴이 밖으로 나오는 모습에 비유한다.

"내 안에 있는 무언가가 어떻게, 어디를 디딜지 명령했고, 나는 이유도 모른 채 그 명령에 따랐다. (……) 그때 나는 지난 수천 년간 영혼과 육체를 연결해 온 '직감'을 따르고 있었다. 해가 드는 곳이 불편하게 느껴졌다. 햇빛을 받아 풀이 하얗게 마른 비탈길을 오를 때는 발걸음을 재촉했다. 얼른 반대편 그늘로 가기 위해서였다. 언덕 너머에 작은 호수가 있었다."

나와 양들도 그렇게 이어져 있다. 그 이어짐은 나보다, 양들보다 더 오래전부터 있었다. 이 나무들보다, 이 숲보다 오래전부터 있었다. 책보다, 지식보다 오래전부터 있었다.

참매는 횃대에 앉아 있고 주인은 장갑 낀 손을 내민다.

참매는 움직이고 싶어 하지 않는다. 그저 횃대에 뚱하게 앉아 있다. 그러다 갑자기 이어진다.

"손에서 난데없이 강력한 충격이 느껴졌다. 척추를 지나 발가락 끝까지 얼얼한 느낌, 야구방망이가 내 손을 후려친 느낌이었다. (……) 횃대와 장갑 사이의 거리는 25센티미터였지만 참매가 뛰어넘어야 하는 심리적 거리는 계산할 수 없을 만큼 엄청났다. 참매가 장갑에 내려앉았다기보다 장갑이 참매에게 찢어발겨졌다."

표현은 좀 과한지 모르지만 자연과 이어져 있다는 그 감격스러운 기분은 충분히 이해가 간다.

새끼 양이 태어나서 처음으로 젖을 무는 법을 터득하는 순간이 그렇다. 걸어 다니기는커녕 제대로 서지도 못하는 작은 몸뚱이가 어느 순간 있는 힘껏 젖을 빤다. 젖을 먹는 일에서만큼은 신비스러우리만큼 강력한 힘으로 순식간에 나를 능가한다. 내가 새끼 양에게 젖을 물려 주며 그 의외의 힘을 경험하는 순간, 생명 그 자체가 내 안으로 흘러들어 오는 것만 같다.

___ **6월 19일**

오늘은 양 떼를 몰고 목장 옆 찻길로 나갔다. 다른 지름길도 있었지만 양 떼가 길을 건널 때 자동차들이 도로 위에서 꼼짝 못 하고 기다리는 모습을 보고 싶었다. 양치기 개를 관리하는 사람이 특히 그 장면을 보고 싶어 했다.

사실 재미있는 장면이었다. 다들 재미있어 했다. 일요일에 이 길을 급하게 달리는 차는 없다. 양은 차가 오든 말든 아랑곳하지 않는다.

나는 가끔 교통 방해 행위가 모든 자연 파괴 행위에 반대하는 과격 시위로 자리 잡을 수 있지 않을까 상상해 보곤 한다. 동물을 도로에 잔뜩 풀어놓는 것도 괜찮은 방법일 것 같다.

___ **6월 22일**

수컷들을 숲 가까이에 있는 넓은 방목장으로 옮겼다. 녀석들은 좀처럼 한곳에 모여 있는 법이 없다. 한 마리 한 마리 정확히 세려면 한참을 걸어 다녀야 한다. 매일 세기는 불가능하다.

___ 6월 24일

“195번은 어떻게 됐더라?”

아내가 일지를 살펴보며 묻는데, 나도 기억이 안 난다.

출산 일지는 다른 일지보다 훨씬 상세하게 따로 정리해 두었다.

‘195: 두 마리 출산. 상태 양호.’

사산이 많은 봄이었는데. 자연의 오묘함이여.

__ 6월 25일

나는 채식주의자다. 그래도 우리가 키운 양의 고기는 먹는다. 윤리라는 게 참 까다롭다.

나는 판매용 고기를 생산하는 육류 산업이 얼마나 잔혹한지를 깨달으면서 채식주의자가 되었다. 동물도 신경계가 있고 감정과 기분이 있는 존재라는 사실에도 눈뜨게 되었다.

고기는 죽은 생명체의 잔여물, 곧 도막 난 시체다.

한때는 육식에 대한 거부감이 식인에 대한 거부감만큼 컸다. 그러다 양들이 생겼다. 애들도 생겼다. 사는 게 그렇게 단순한 문제가 아니라고 생각하게 됐다. 그러면서 다시 고기를 먹었다. 단, 고기를 먹더라도 옛날처럼 아무 고기나 먹지 않고 내 손으로 죽인 동물의 고기만 먹었다.

윤리적으로 최선의 태도를 계산해 내기란 불가능하다. 가능하다고 생각하는 사람이 있을지 모르지만 옳고 그름을 계산하다 보면 딱 맞아떨어지지 않는 우수리가 항상 생기기 마련이다.

왜 누군가를 사랑하는지를 정확하게, 철저하게 설명하기란 불가능하다. 그럴 수 있다면 그것은 사랑이 아니라 투자일 것이다.

___ 6월 26일

수컷들이 모여 있는 방목장에 머무는 시간을 늘렸다. 정확히 몇 마리인지 날마다 세어야 하는데 지금까진 시간이 부족했다.

이 근방에서 가장 변하지 않은 땅은 숲이나 밭이 아니라 이런 방목장일 것이다. 숲은 대개 벌목지 아니면 조림지이고 밭은 배수로가 깔린 농경지인 데 반해 방목장은 옛날 그대로다. 방목장 한복판에는 오래된 기둥이 서 있다. 쇠 장식 비슷한 것들이 박혀 있는 나무 기둥인데, 200년쯤 된 것 같다.

방목장 지면은 바위가 많아서 울퉁불퉁하다. 곡물은 자랄 수 없지만 풀은 잘 자란다. 높은 바위에 올라서면 수 킬로미터 너머까지 내다볼 수 있다. 그럴 리는 없겠지만 만에 하나 다른 사람에게 이 근방을 소개해 주고 싶은 마음이 생긴다면 여기로 데려올 것이다.

30분쯤 흘렀을까, 녀석들의 호기심이 발동한 듯하다. 녀석들이 내 쪽으로 슬금슬금 다가와 준 덕분에, 나는 바위에 올라선 채로 녀석들을 한 마리 한 마리 정확하게 셀 수 있었다.

___ 6월 27일

사람들과 함께 목장 생활을 시작할 때는 자급자족이니 하는 거창한 이론에 심취해 있었다. 하지만 얼마 지나지 않아 그런 이론이 지겨워졌다. 내가 왜 양을 키우며 사는지를 굳이 나 자신에게 설명할 필요는 없다. 닥친 일을 하는 것뿐이다. 양이 도망가면 안 되니까 울타리를 치고, 양이 배고프면 안 되니까 풀을 준다.

하지만 사람들이 계속 묻는다. "왜 양 같은 걸 키우나요? 직접 죽이나요? 죽이기 어렵지 않나요? 휴일은 없나요? 얽매여 있는 느낌인가요?"

나는 별로 어려운 일도 아니니 직접 해 보면 된다고 대답하고 싶은데 질문하는 사람들은 내 입에서 무슨 정치적인 말이 나오기를 기대한다. 나는 철조망을 둘둘 마는 일 아니면 새끼 양을 축사로 데려가 건초에 눕히고 보온 등을 켜는 일에 정치적인 의미를 갖다 붙이는 능력을 완전히 잃어버렸다. 처음부터 그런 능력이 없었는지도 모른다. 하지만 무례한 사람이 되고 싶진 않으니까 질문을 받으면 대답하려고 애쓴다.

자기 삶을 해명해야 하는 번잡함을 피하려면 정상적인 일자리를 얻고 정상적인 가정을 꾸리고 정상적인 친구들과 어울리며 정상적으로 살아야 하는데 이상하게도 가장 문제적인 삶이 바로 그런 정상적인 삶이다.

생태계의 관점에서 보면 말살 체제일 수밖에 없고 세계 인구의 절반에게는 그야말로 아파르트헤이트 체제일 수밖에 없는 이 전 지구적 정치·경제 체제에서 정상적으로 살아가는 사람은 이 체제의 공범자이면서 동시에 터무니없는 부당 수혜자이기 때문이다. 더구나 그런 사람 중에 상당수, 아니 절대다수는 얼마나 염치가 좋은지 위험 지역과 빈곤 지역에서 탈출해 온 사람들을 이 나라에 몇 명이

나 들어오게 할 것인가 상한선을 정하기까지 한다. 우리가 누리는 풍요가 우리만 누려야 할 타고난 권리라도 된다는 듯이.

6월 28일

목장 안에 작은 카페를 만들었다. 벽 한쪽에는 혹시나 하는 마음으로 판매용 양가죽을 걸어 놓았다.

카페에 앉아서 커피를 마시고 있는데 갑자기 누군가가 말을 걸어왔다. 흥분한 목소리였다.

"거기 양 치는 분 맞나요? 이거 당신 양인가요?"

왜 그냥 짧게 그렇다고 대꾸하지 못했는지 모르겠다. 양을 소유한다는 것은 지나치게 문명화된 피상적 개념일 뿐임을 알고 있는 양치기들에게 대대로 전해 내려오는 반사 신경 같은 게 작용했던 걸까.

우리는 상품의 색깔과 무늬와 감촉에 관해 이야기를 주고받았다. 아니, 이야기를 주고받았다기보다 한쪽은 연이어 질문을 던지고 나머지 한쪽은 간간이 대답하려 애썼다. 사겠다는 쪽이 팔겠다는 쪽보다 상품에 관해 더 많이 아는 것 같았다. 그러다 결국은 사겠다는 쪽이 값을 불렀고, 값을 부르자마자 자기가 부른 값이 너무 비싸다고 생각하는 눈치였다.

___ 6월 29일

예전에 나는 문학에 뭔가 특별한 것이 있다고 믿었다. 말과 글이 우리의 생각, 감정과 맞닿아 있다고 믿었다. 소설 한 편이, 아니 글귀 한 줄이 하나의 세계를 새로 나타나게 해 준다고 생각했다. 몰랐던 세계를 그렇게 갑자기 친근한 세계로 만들어 준다고 생각했다.

요즘에 나는 세상만사가 일종의 시라고 생각한다. 큰까마귀가 깍깍 울고 있다. 아니, 뭔가를 말하고 있다.

큰까마귀는 수명이 길다. 저 녀석이 나보다 나이가 많을지도 모른다. 그동안 우리 목장의 변천사를 지켜보았을지도 모른다. 방목장에 와서 죽은 새끼 양을 뜯어 먹은 것이 저 녀석일지도 모른다.

저절로 생겨난 이 생존이라는 시는 누구의 인정도, 허락도 구하지 않는다. 작가도 없고 독자도 없는 시, 그저 살아갈 뿐 언어나 사유에 구애받지 않는 시다.

___ 6월 30일

주 의회에 전화를 걸었다.

"양 떼가 많이 늘었는데 이 정도 규모면 우리 목장도 보고서를 제출해야 하지 않을까요?"

그 정도 규모가 되려면 아직 멀었지만 그래도 규칙을 준수해 달라는 것이 담당자의 답변이었다.

"네, 네."

퇴비는 콘크리트 위에 보관해야 질소가 땅에 스며드는 것을 막을 수 있다는 것이 담당자의 설명이었다.

옛날 축사 뒤에 그런 곳이 있다. 아무 문제 없다.

___ 7월 2일

고기에 대해 생각하다 보면 내가 명실상부한 채식주의자로 살던 때가 떠오른다.

그때 내가 채식주의자로 살았던 가장 큰 이유는 고기를 먹는 게 너무 저급하고 탐욕스럽게 느껴져서였다. 내게 현대 소비사회는 사고 싶은 것을 언제든 살 수 있는 사회, 결핍을 느낄 필요가 없는 사회였고, 육식은 바로 그런 사회의 축소판이었다.

과잉 소비 생활을 보장하기 위해 동물을 대량 사육하고 대량 도살하는 짓은 옳지 않다. 채식주의자가 되었는데 고기를 안 먹는 것 빼고는 예전과 똑같이 화려하게 산다면 아무래도 방향을 잘못 잡은 것이겠지만 아무것도 안 하는 사람보다는 낫다.

내가 시골로 이사해 양을 키우기로 한 이유는 이런 향락의 악몽에서 벗어나기 위해서였다. 하지만 현실은 그렇지 않았다. 나는 아직 과잉 소비 생활에서 벗어나지 못하고 있다. 냉장고에 고기가 떨어지자마자 마트로 달려가는 생활. 이 생활을 계속하다 보면 언젠가 벌을 받겠지만 어떻게 이 생활에서 벗어나야 할지 도통 모르겠다. 사실 나는 신용카드 한 장으로 모든 일상사를 해결할 수 있는 이 편리하고 풍요로운 생활이 언젠가 끝장나기를 남몰래 바라고 있다.

이 땅과 이 풀과 이 양은 까마득한 옛날부터 인간의 현실이었다. 내가 가진 것이 이 땅과 이 풀과 이 양뿐이었다면, 도축과 육식은 윤리니 지속 가능한 라이프 스타일이니 하는 것과 아무 상관 없는, 그저 생존의 방편이었을 것이다. 햇빛과 바람과 물과 흙과 동식물과 약간의 울타리로 이루어진 유기적 세상, 이 세상을 건드릴 수 있는 존재는 하나님뿐이었을 것이다. 아니, 하나님이라도 건드리지 못했을 것이다.

___ 7월 4일

이미 한 번 말했지만 나는 점점 다른 사람들과 어울릴 줄 모르는 괴팍한 목축민이 되어 가고 있다. 하지만 내가 이 세상 속에서 차지하는 위치에 관해 생각하게 되는 건 어쩔 수 없다. 내가 무슨 중요한 사람이라서가 아니라 나도 다른 모든 사람과 마찬가지로 이 세상의 한 부분이기 때문이다.

'이 세상의 한 부분'이 무슨 뜻인지를 보여 주는 끔찍한 사건이 바로 며칠 전에 방목장에서 일어났다. 작은 새끼 양이 죽은 사건이었다. 총을 쏜 사람은 나였다. 옆에는 애들이 있었다. 하지만 어미 양이나 방목장에 있던 다른 양들이나 옆에 와 서 있던 애들이 새끼 양의 죽음을 크게 슬퍼하는 것 같진 않았다. 슬프고 유감스러운 일을 대수롭지 않은 일로 만들려고 하는 말이 아니다. 그저 사실이 그러하더라는 말이다.

사건의 개요를 이야기하자면, 말에게 심하게 밟힌 새끼

양을 안락사시킬 수밖에 없었다. 문제의 장면을 목격한 사람은 없었지만 정황을 짐작하기는 어렵지 않았다.

사건은 몇 주 전 양들을 말 방목장에 들여보내면서 시작되었다. 새끼 양들은 호기심이 너무 강했다. 말을 따라다니며 성가시게 했고, 너무 성가시게 하다 내쳐지기도 했다. 말의 다리 사이로 뛰어다니다가 끝내 밟혀 죽은 새끼 양은 그중에서도 특히 조심성이 부족한 녀석이었을 것이다.

우리가 말 방목장에 도착했을 때 이미 녀석은 작은 피웅덩이에 쓰러져 있었고, 녀석의 한쪽 앞다리는 부자연스러운 각도로 꺾인 상태였다. 내가 일으켜 세워 보았지만 녀석은 금방 균형을 잃고 바닥에서 버둥거릴 뿐이었다.

말들과 어울려 놀고 있던 애들이 새끼 양 쪽을 돌아보았다. 그리고 나를 쳐다보았다. 애들에게 대답해 주어야 했다.

"죽일 수밖에 없어."

총을 가지고 돌아오니 애들이 새끼 양 옆에 서 있었다.

"우리가 해 줄 수 있는 게 없어. 자, 저쪽에 가 있어."

나는 새끼 양의 뒤통수를 쐈다. 애들이 가까이 다가왔다. 애들도 새끼 양의 입에서 흘러나오는 끈적끈적한 피를 보았다.

삶은 곧 죽음? 모르겠다. 딸애는 말에게 돌아갔고, 아들애 하나가 남아 뒤처리를 도와주었다. 양을 비닐봉지에 담는 일이었다. 다음 날 내가 땅에 묻어 주기로 했다.

문제를 단순화하고 싶진 않지만 나는 이런 게 실수를 통한 배움이라고 생각한다. 새끼 양에게는 실수를 통한 배움이 아니라 그저 실수로 인한 죽음이었지만 양 떼 전체에는 중요한 배움이었다. 말에게 너무 가까이 가서는 안 된다는 것을 배웠을 테니까.

이렇듯 양 떼는 한 개체가 죽어 없어진 것을 슬퍼하는 게 아니라 양 공동체의 일부가 찢겨 나간 것에 통증을 느낀다. 찢겨 나간 곳에는 상처가 생기겠지만 상처는 아물 것이고 양 떼는 전보다 더 강건하게 살아갈 것이다.

7월 23일

오늘 날씨도 건조하다. 초지는 이미 바싹 말랐다. 양들이 "매애-" 하고 운다. 방목장 안에 들어갔더니 양들이 내 쪽으로 온다. 비를 내려 달라고 '나에게' 부탁하는 것 같다.

그리고 또 가을

"지금이라는 시간과 여기라는 공간을
최대한 살아갈 뿐이다."

___ **9월 10일**

이곳의 자연이 자연 그대로라고 이야기하기는 어렵다. 숲, 풀밭, 농지, 호수, 수로와 운하, 이 모든 것에 인간의 손길이 닿아 있다는 걸 점점 확실하게 알아 간다. 이곳은 아주 오래전부터 이런 모습이었으니 어디까지가 자연 그대로이고 어디까지가 아닌지를 이야기하기도 어렵다.

눈에 보이는 지상의 문명 밑에는 옛 문명의 지층들이 깔려 있다. 지금의 자연을 만든 것은 그런 옛 문명의 손길이다. 자연 그대로였던 옛날을 상상해 보겠다는 건 터무니없는 이야기다. 옛날 모습 그대로 자연을 복원하겠다는 건 더 터무니없는 이야기다.

오래전 이곳에 살았던 사람들은 양을 키우고 싶어 하지 않았을 것 같다. 양이라는 동물은 척박한 환경을 견딜 수 있는 반면 생산성은 낮은 동물인데 그런 동물을 키우기에 이곳은 땅이 너무 비옥하다. 하지만 양 떼가 방목장에서 풀을 찾아다니는 모습을 바라보노라면 모종의 역사와 자연이 면면히 이어져 왔음이 느껴진다. 수천 년 전부터 이어져 온 양 떼의 삶이 양 떼의 습성과 능력과 성격을 만들어 냈음을 실감한다. 양에게 세월이니 역사니 하는 말은 어울리지 않는지도 모른다. 양은 지금이라는 시간과 여기라는 공간을 최대한 살아갈 뿐이다.

우리 목장의 첫 숫양은 여기서 300킬로미터 떨어진 베름란드(Värmland)[○]에서 데려온 녀석이었다. 지금도 우리는 번식용 숫양을 꽤 먼 지역에서 데려오고 있다. 녀석들은 유전적으로, 전통적으로 이곳과 아무런 관계가 없지만 매우 중요한 의미에서 이곳과 긴밀히 이어져 있다. 녀석들은 이곳에서 자라는 풀을 먹고 살아간다.

○ 스웨덴 중부에 위치한 주.

9월 11일

나는 다른 사람들의 칭찬과 인정에 매달리지 않기 위해 애쓰며 살고 있다. 왜 그러는지는 잘 모르겠다.

정신 건강을 회복하려는 사람에게는 논리적으로 타당한 방향인 것 같다. 예측 불가능한 세상에서 다른 사람들의 평가에 매달리다 보면 나의 자아감과 자존감은 점점 취약해질 수밖에 없을 테니까.

물론 내가 논리적으로 타당한 사람이 되기 위해 이렇게 사는 건 아니다. 내가 이렇게 사는 건 어쩌면 그저 다른 사람들과 잘 소통하지 못하는 성격이기 때문일 수 있다.

이런 내 단단한 마음의 벽에 작은 틈이 생긴 것은 양의 개체 수도 훨씬 적고 경험도 없었던 2년 전이었다. 전기 공사 때문이었나, 기술자 두 명이 일하러 온 날이었다. 두 사람은 아침 일찍 도착해 이미 축사 뒤편에서 작업 중이었고, 나는 애들이 등교한 뒤에야 두 사람이 작업하는 곳으로 내려갔다.

내가 두 사람과 이야기를 시작한 바로 그때, 양들이 갑자기 50미터 전방의 방목장 울타리 너머에서 "매애-" 하고 울었다. 두 사람 중 한 명이 감탄했다.

"당신을 알아보네요. 아까 우리가 왔을 때는 아는 척도 안 하더니."

'나에게 관심이 있었구나' 하는 생각에 왠지 울컥했다.

___ 9월 12일

양을 수시로 관리해 주지 않으면 야성이 되살아난다. 그런 양은 다루기 힘들지만 다시 길들이는 것이 그리 어렵진 않다.

옛날에는 양과 기타 가축을 키울 때 연중 여러 달을 그냥 풀어놓지 않았을까 싶다. 여름에는 밖에 풀어놓는 것이 더 합리적인 것 같기도 하다. 더 합리적이라는 말은 단위당 노동시간, 즉 고기 1킬로그램당 노동시간이 더 적다는 뜻이다. 이렇게 합리적으로 계산하는 게 타당하겠지.

___ 9월 13일

새 양을 몇 마리 들여와 양 떼를 늘렸다. 스톡홀름 4H 클럽[○]에서 무료로 받아 온 양들이다. 몸무게로 보나 털가죽의 질로 보나 우리 목장의 상품이 될 가망이 전혀 없는 약골들이지만, 모두 환영이다.

오늘 탈출한 양도 새로 온 녀석이었다. 어린 암양이었는데, 탈출한 후 방목장 밖에서 혼자 서성거리고 있었다. 한 마리가 혼자 탈출하는 일은 대단히 드물다. 이번에 탈출한 녀석도 스트레스가 심한 상태였다. 방목장 안으로 들어가고 싶지 않은 게 아니라 뛰어넘을 만한 낮은 울타리나 기어들어 갈 만한 구멍을 찾지 못한 것뿐이었다.

처음에는 녀석을 울타리 문으로 몰아넣을 생각이었다. 하지만 녀석은 사람들 사이로 빠져나가 반대 방향으로 도

○ 1914년에 미국에서 만들어져 전 세계로 확산된 농촌 지역 청년 단체.

망쳐 버렸다. 두 번째 추적에서는 내가 녀석을 궁지로 몰아넣었고 녀석은 나를 쓰러뜨리려는 듯 내 앞으로 껑충 뛰어올랐다. 그 덕분에 나는 녀석의 몸통을 간단히 붙들 수 있었다.

오래 잊고 있던 느낌이었다. 미쳐 날뛰는 양을 부둥켜안을 때의 느낌. 양 떼의 규모가 작았던 초반에는 이런 경우가 자주 있었다. 양 떼의 규모가 작을수록 개체의 안정감이 낮아지면서 탈출 빈도가 높아진다. 솔직히 말하면 그 때가 조금은 그립다.

나는 그렇게 녀석을 부둥켜안고 울타리로 다가갔다. 양을 번쩍 들어 올려 울타리 안으로 들여보낸 것도 오랜만이었다.

녀석은 몸집이 아주 작다. 우리 목장에서 제일 작은 것 같다. 우리 목장에 있는 양들은 거의 생산성이 높은 교배

종이기 때문에 몸집이 크고 몸무게가 많이 나간다. 출하를 앞둔 9월에 그런 양을 번쩍 들어 올려 울타리 안으로 들여보내기는 사실상 불가능하다.

예전에 쓰던 방법이 있다. 사람이 배를 울타리에 바짝 붙이고 상체를 숙이면서 양을 울타리 안으로 떨어뜨리면 양은 무사히 네 발로 착지할 수 있다. 부상을 막는 방법이다. 하긴 그리 높은 데서 떨어지는 것도 아니니까 부상의 위험이 있을 것 같지는 않고, 착지하는 모습도 고양이처럼 가볍다. 그렇다 해도 그냥 감자 자루처럼 털썩 내던지면 미안하잖은가. 사람이면 매너가 좀 있어야지.

___ 9월 16일

계속 건조하다. 양들이 쐐기풀을 뜯어 먹기 시작했다. 상황이 상당히 심각해졌다는 뜻이다. 하지만 이겨 낼 것이다. 강한 녀석들이니까.

— 9월 25일

울타리도 이상 없고, 물도 충분하다. 미네랄 블록도 제자리에 있다. 더 바랄 게 없다. 내가 다가가면 양들은 대부분 딴 데로 가는데 암컷 한 마리가 움직이지 않고 그냥 있다. 태평하기가 늙은 소나무 같다. 역시 018번. 언제 봐도 단연 사교적인 녀석이다.

___ 9월 30일

목장에도 새 시대가 왔다. 불가항력이었던 것 같다. 우리도 양을 소득원으로 보기 시작했다. 양 떼의 규모가 늘어날 것이고 도축장 허가도 받을 것이다. 진짜 목축업자의 길로 접어들었다.

소득을 발생시켜야 세금을 축내지 않는 사람이 된다. 원칙적으로는 핵무기 업자나 포르노 업자도 성실한 고액 세납자가 될 수 있다. 반면 세상만사에 의문을 품고 돌멩이를 걷어차면서 길거리를 배회하다가는 금방 수상한 사람이 된다.

의욕이 안 생기는 게 당연하다.

___ 10월 1일

우리 목장도 점점 협업과 분업을 도입하고 있다. 양들을 체크할 때 방목장 밖에서 다들 잘 살아 있나 둘러보는 정도로 끝낸다. 다른 일이 잔뜩 쌓여 있다.

양들이 툭하면 탈출하던 때는 물론 성가시기가 이만저만 아니었지만 양들과 나를 하나로 이어 주는 것이 바로 그 성가심이었다. 나의 삶을 충만하게 채워 주는 것이 그렇게 양들과 함께하는 시간이었다.

판매용 고기를 생산하는 일은 삶을 충만하게 만들지 못한다. 소득을 발생시킬 수는 있겠지만 삶을 충만하게 만들 수는 없다.

___ **10월 18일**

목축의 형태가 변했음을 받아들여야 할 때가 왔다. 삶이 지속되는 한, 사람은 계획하고 시행하고 어려움에 부딪히고 생각을 바꾼다.

내가 축사 옆 작은 방목장 쪽에서 좀 어슬렁거렸더니 풀을 뜯던 녀석들이 잠시 고개를 들고 쳐다본다. 태어나서 이날 이때까지 나를 안 본 날이 거의 하루도 없는 나이 든 양들도 한순간이지만 나를 무슨 위험한 동물로 의심한 것 같다.

목축을 시작한 초기에는 이렇게 거닐고 바라보고 생각에 잠기는 시간이 많았다. 그때에 비하면 지금은 목축이 직업이 되었다. 불가항력적인 수순인 것 같다.

왜인지는 잘 모르겠지만 양치기가 되어 양과 함께하는 단순한 삶은 점점 생존력을 잃어 가고 있다. 마치 어미 양에게 버림받은 새끼 양처럼 점점 힘을 잃어 가고 있다.

하지만 양과 이어져 있다는 사실 그 자체는 아직 그대로다. 울타리와 풀과 "매애-" 하는 울음과 되새김질로 이루어진 양의 허세 없는 삶도 아직 그대로다. 판매용 고기를 생산하는 일은 내 시간과 노동을 잡아먹지만 내 생각을 잡아먹지는 못한다.

10월 19일

양치기 개 관리자와 018번 사이에 문제가 생겼다. 018번이 개에게 덤벼들기 때문이다. 양치기 개 관리자는 018번을 도축하자고 말한다.

"이런 양의 유전자가 후대로 전해지면 양 떼에 문제가 발생할 거예요.

방목장 안에서 018번이 내게 다가온다. 나는 018번에게 속삭인다.

"이렇게 계속 시간을 끌자."

옮긴이
김정아

비교문학 박사. 『발터 벤야민, 사진에 대하여』, 『발터 벤야민 평전』, 『발터 벤야민과 아케이드 프로젝트』, 『발터 벤야민 또는 혁명적 비평을 향하여』, 『역사: 끝에서 두번째 세계』, 『아나키즘, 대안의 상상력』, 『자살폭탄테러』, 『죽은 신을 위하여』, 『붉은 죽음의 가면』, 『동화의 정체』, 『오만과 편견』, 『폭풍의 언덕』, 『걷기의 인문학』, 『프리다 칼로』, 『동물들의 신』, 『코끼리에게 물을』, 『날고양이들』, 『3기니』(근간), 『센티멘탈 저니』(근간), 『프닌』(근간) 등을 옮겼다.

사랑한다고 했다가 죽이겠다고 했다가

1판 1쇄 펴낸 날 2019년 2월 14일

지은이 | 악셀 린덴
옮긴이 | 김정아

편　집 | 안희주, 김소리
경영지원 | 이현경

펴낸이 | 박경란
펴낸곳 | 심플라이프
등록 | 제2011-000219호(2011년 8월 8일)
주소 | 경기도 파주시 광인사길 88 3층 302호(문발동)
전화 | 031-941-3880, 3887
팩스 | 031-941-3667
이메일 | simplebooks@naver.com
블로그 | http://simplebooks.blog.me

ISBN 979-11-86757-35-2 03850

• 이 도서의 국립중앙도서관 출판시도서목록(CIP)은 서지정보유통지원시스템 홈페이지(http://seoji.nl.go.kr)와 국가자료공동목록시스템(http://www.nl.go.kr/kolisnet)에서 이용하실 수 있습니다.(CIP 제어번호: 2019000818)